PRÉFECTURE DE LA SEINE

INVENTAIRE

SOMMAIRE

DE LA

COLLECTION LAZARE-MONTASSIER

CONSERVÉE AUX ARCHIVES DE LA SEINE

PAR

LUCIEN LAZARD

Sous-Archiviste

PARIS

IMPRIMERIE NOUVELLE (ASSOCIATION OUVRIÈRE)

11, RUE CADET, 11

1899

INVENTAIRE SOMMAIRE

DE LA

COLLECTION LAZARE-MONTASSIER

2557

PRÉFECTURE DE LA SEINE

INVENTAIRE

SOMMAIRE

DE LA

COLLECTION LAZARE-MONTASSIER

CONSERVÉE AUX ARCHIVES DE LA SEINE

PAR

LUCIEN LAZARD

Sous-Archiviste

PARIS

IMPRIMERIE NOUVELLE (ASSOCIATION OUVRIÈRE)

11, RUE CADET, 11

—

1899

PRÉFACE

Les papiers dont l'inventaire est contenu dans ce volume ont été rassemblés par les deux frères Louis et Félix Lazare, auteurs du « *Dictionnaire historique et administratif des rues et monuments de Paris* », qui eut deux éditions : la première en 1844, la seconde en 1855, et une troisième, inachevée, dont le commencement parut en 1879.

Dans une brochure publiée en 1895 et intitulée « *Les Papiers des frères Lazare* », j'ai exposé la formation et la composition de cette importante collection, donnée la même année aux Archives du département de la Seine, par M. Montassier, ancien sous-chef de bureau à la Préfecture de la Seine. Dans la présente introduction, je me bornerai à indiquer le plan qui a été suivi pour la confection de ce catalogue.

Le titre même d'inventaire sommaire mis en tête de ce travail en indique la nature. Comme dans tous les recueils de ce genre, on a analysé non pas tous les documents compris dans le fonds, mais ceux-là seuls qui ont paru présenter quelque intérêt. Les frères Lazare avaient ouvert un dossier à chaque voie publique et à chaque édifice de Paris : si l'on avait voulu faire un catalogue complet, il aurait fallu répertorier chacun des 3,000 ou 3,500 dossiers renfermés dans leurs cartons; on n'a pas cru que cela fût nécessaire, et voici la méthode que l'on a suivie.

On a inventorié seulement ceux qui comprenaient des *actes complets*, soit en original, soit en copie, et l'on a donné l'analyse de tous ceux de ces actes qui étaient anté-

1

rieurs à l'an IX, c'est-à-dire qui appartenaient aux deux périodes de l'ancien régime et de la Révolution ; on a fait précéder d'un astérisque ceux de ces documents qui figurent dans le « Recueil des lettres patentes, ordonnances royales, décrets et arrêtés préfectoraux concernant les voies publiques », publié par MM. Alphand, Deville et Hochereau (1); on peut facilement se rendre compte qu'ils constituent l'infime minorité et que 400 actes environ, relatifs à la voirie parisienne, existant dans leur intégralité dans les papiers Lazare, auraient pu prendre place dans la publication officielle citée plus haut.

Pour la période postérieure à l'an IX, on a procédé d'une façon un peu différente : on s'est contenté d'indiquer les actes de l'autorité qui ne se trouvent pas dans le travail d'Alphand. Enfin on a cru bon de publier le texte des documents inédits sur la voirie parisienne, à l'époque révolutionnaire, qui existent dans le fonds Lazare. La cause de cette publication est la suivante : ces actes sont empruntés pour la plupart aux registres de la Commune de Paris, du Directoire du département, de l'Administration Centrale, etc., disparus dans l'incendie des Archives de la Seine et dont les copies, exécutées par les frères Lazare, sont les seuls restes. On pourra juger, en les parcourant, que la voirie parisienne a été, à l'époque révolutionnaire, peut-être un peu moins négligée qu'on ne se l'imagine en général.

Je ne saurais terminer cette préface sans exprimer mes sentiments de gratitude à tous ceux qui m'ont mis à même de publier ce petit livre : au Conseil municipal de Paris, qui a voté les fonds nécessaires pour son impression, à MM. Lamouroux et Levraud, auteur et rapporteur de la proposition relative à sa publication, à l'archiviste de la Seine, M. Duret, dont les nombreuses démarches en ont hâté l'apparition.

Lucien LAZARD.

---

(1) Paris. Imp. Nouvelle, 554 p. in-8°, 1886; Supplément, 88 p. in-8°, 1889.

CARTON I

ABATTOIR (Rue de l'). — AQUEDUC (Rue de l').

Aguesseau (Marché d')

Lettres patentes transférant dans la rue de la Madeleine le marché établi, en 1723, rue Saint-Honoré, 16 août 1745.

Aguesseau Rue d').

Plan, 17 juillet 1723.

Amboise (Rue d').

Lettres patentes pour le percement de quatre nouvelles rues dans l'hôtel de Choiseul, 18 février 1780.

Lettres patentes portant ouverture, sur le terrain de l'hôtel de Choiseul, de cinq nouvelles rues : Saint-Marc, Favart, Amboise, Marivaux, Grétry ; formation d'une place et d'un théâtre pour la Comédie Italienne, avec plan annexe, 14 juillet 1783.

Amélie (Rue).

Arrêt du Conseil d'État autorisant l'ouverture de cette rue, 12 janvier 1772.

Avis favorable du Bureau de la Ville, 1773.

« A Messieurs les Membres du Conseil général du département de la Seine réunis en Conseil municipal de Paris, Paul-Nicolas Pihan-Delaforest, propriétaire à Paris, rue projetée Saint-Dominique, n° 6. Impr. Boucher, 1824 », 8 p. in-8°.

Notes manuscrites et imprimées.

Angoulème-du-Temple (Rue d').

* Lettres patentes concernant les rues d'Angoulème, de Crussol, de la Tour-de-Malte, du Grand-Prieuré et la place d'Angoulême, 18 octobre 1781

Procès-verbal d'ouverture, 28 décembre 1782 ; plan.

Arrêté du département des travaux publics : ouverture d'une partie de la rue, 9 septembre 1790.

Décret de l'Assemblée nationale : vente des biens de l'ordre de Malte, 9 septembre 1792.

Décrets d'alignements, 5 août 1832, 6 août 1859.

Notes.

Anjou-Saint-Honoré (Rue d').

Arrêt du Conseil d'État ordonnant la prolongation de la rue d'Anjou, février 1778.

Avis favorable du Bureau de la Ville, 26 février 1778.

Rapport de l'architecte de la Ville, 7 octobre 1778.

Plan, 7 octobre 1778.

Notes manuscrites et imprimées ; extraits de journaux.

Anne (Asile Sainte-).

Mémoire manuscrit sur la ferme Saint-Anne.

Mémoires et notes manuscrits et imprimés.

Anne (Rue Sainte-).

Avis du Bureau de la Ville favorable à l'établisssement à Paris, de deux maisons de nouveaux convertis, 15 juillet 1673.

Arrêté du Conseil général de la Commune : la rue Sainte-Anne, nommée rue Helvétius, 20 septembre 1792.

« Plan de la rue de Ventadour entre les hostels de Lionne et Langlée », xviiie siècle.

Notes manuscrites et imprimées.

Antin (Cité d'-)

Lettre du ministre de l'intérieur au préfet de la Seine : Construction d'un quartier fermé, rue de Provence ; décision sur les conditions auxquelles cette construction peut être autorisée, 1er juillet 1826.

Mémoires et notes manuscrits et imprimés.

Antin (Rue d')

Arrêt du Conseil d'État autorisant la formation de la rue, 14 mars 1713.

Délibération du Conseil municipal de Paris : Prolongement de la rue d'Antin sur les terrains de l'hôtel Richelieu, 11 février 1839.

Notes manuscrites.

Antin (Rue de la Chaussée-d').

Arrêt du Conseil d'État : formation du chemin de la rue Louis-le-Grand, à la barrière des Porcherons, 30 juillet 1720.

Délibération du Conseil général de la Commune : la rue de la Chaussée-d'Antin, nommée rue Mirabeau, 5 avril 1791.

Lettres du premier consul, 10 février 1803 ; de Napoléon Ier, 13 février 1806.

Extraits de journaux, notes manuscrites.

CARTON 2

ARAGO (Boulevard). — ARRONDISSEMENT (18e).

Arbalète (Rue de l')

Avis du Bureau de la Ville favorables à l'établissement de la maison de la Providence, 3 mai 1651, 10 mars 1679.

Arrêté du premier consul établissant l'École de Pharmacie, 3 frimaire an XII.

Notes manuscrites et imprimées ; extraits de journaux.

Arc de Triomphe de l'Étoile

Lettres de Napoléon Ier : construction, inscriptions à y mettre, 14 mai 1806, 3 octobre 1809, 14 juillet 1810.

« Notice sur l'Arc de Triomphe de l'Étoile. Paris, imp. Adolphe Éverat » s.d. (1832 ou 1833), 30 p. in-12, 1 planche. Notes manuscrites ; extraits de journaux.

Archevêché (Quai de l')

Décret de la Convention : Attribution des bâtiments du ci-devant évêché, au service de l'hospice de l'Humanité, 28 brumaire an II.

Arrêté des Consuls : la maison et les jardins de l'Archevêché mis à la disposition de l'archevêque de Paris, 18 germinal an X.

Décret impérial approbatif des alignements du quai de l'Archevêché, 28 mars 1809.

Notes manuscrites.

Archives (Rue des).

Déclaration royale : union de l'hôpital des Enfants-Rouges à la direction de l'Hôpital-Général, 23 mars 1680.

Déclaration royale autorisant les prêtres de la Doctrine chrétienne à transporter leur établissement de Saint-Julien des Ménétriers, dans une maison rue Portefoin, appartenant aux Enfants-Rouges, mars 1777.

Notes manuscrites.

Archives Nationales

Décret de la Convention : les archives de la représentation nationale sont un dépôt central pour toute la République, 7 messidor an II.

Décret de la Convention : nomination des archivistes, création des sections, 2 frimaire au III.

Arrêtés des consuls : établissement des archives aux palais du Corps législatif et de Justice, 8 prairial an VIII ; transport aux Tuileries, 6 brumaire an X.

Décret impérial : acquisition des hôtels de Soubise et de Rohan pour l'installation des archives et de l'Imprimerie impériale, 6 mars 1808.

Lettres de l'empereur : projet de placement des archives aux Tuileries, 15 février 1810 ; ordre de réunir aux archives les

documents antérieurs au règne de Louis XV, 15 février 1810 ;
projet de placement des archives au Luxembourg, 3 mars 1812.

Décret impérial ordonnant la construction d'un palais des
Archives entre les ponts d'Iéna et de la Concorde, 21 mars
1812.

Mémoires et notes, manuscrits et imprimés.

Dépouillement des actes relatifs à la voirie parisienne con-
tenus dans les registres du Parlement et du Bureau de la
Ville. (Registre manuscrit, non folioté.)

Arrondissement (Ancien 10ᵉ)
7ᵉ actuel.

« **Rapport** sur l'ensemble des améliorations à exécuter dans
le 10ᵉ arrondissement, M. Louis Lazare, rapporteur. Impr.
Dondey Dupré, 1856 », 60 p. in-8°.

Arrondissement (13ᵉ).

Notes et mémoires manuscrits sur les parties annexées à
Paris des communes de Gentilly et d'Ivry : origines des noms
de rues.

Arrondissement (14ᵉ).

Notes et mémoires manuscrits sur les parties annexées à
Paris de la commune de Montrouge : origines des noms de
rues.

Arrondissement (15ᵉ).

Notes et mémoires manuscrits sur les anciennes communes
de Vaugirard et de Grenelle annexées à Paris en 1860 : origines
des noms de rues.

Arrondissement (16ᵉ).

Notes et mémoires sur les anciennes communes d'Auteuil et
de Passy, annexées à Paris en 1860 : origines des noms de rues.
Ces notes sont dues en général à M. Parent de Rosan.)

Arrondissement (17ᵉ).

Notes et mémoires manuscrits sur l'ancienne commune des Batignolles et sur la partie de Neuilly, annexés à Paris en 1860 : origines des noms de rues.

Arrondissement (18ᵉ).

Atlas National de la Ville de Paris (Verniquet) feuilles 4 et 5 : ancienne commune de Montmartre, 1789-1798.

« Projet de construction d'un abattoir dans la commune de Montmartre. Impr. Pilloy et Cᵉ, 1850 ». 8 p. in-8°.

« Solennité de la bénédiction et de la pose de la première pierre de l'église Notre-Dame-de-Clignancourt à Montmartre, 2 mai 1859. Impr. Prissette. » 30 p. in-8°, 1 plan, 1 planche.

Notes manuscrites sur les communes de Montmartre, La Chapelle, Saint-Ouen.

Extrait des registres paroissiaux de la commune de Montmartre, etc.

CARTON 3

ARRONDISSEMENT (19ᵉ). — AZAIS (Rue).

Arsenal (Bibliothèque de l').

Edit portant suppression de l'Arsenal de Paris, de son gouvernement et de sa juridiction, avril 1788.

« Plan général de l'Arsenal, du ci-devant couvent des Célestins et des nouvelles rues qui y sont projetées. Delettre sculpsit ». Antérieur à l'an XII.

Ordonnance royale : ouverture quotidienne de la bibliothèque de l'Arsenal, 23 novembre 1830.

Notes manuscrites et imprimées. Vues de l'oratoire et de la chambre à coucher de Sully. Extraits de journaux.

Arsenal (Gare de l').

Lettres de Napoléon Ier : Commencement des travaux de la gare de l'Arsenal, 1er et 11 février 1806.

Arts (Pont des).

Lois et décrets autorisant l'établissement de trois ponts à péage à Paris, 24 ventôse an IX, 29 thermidor an X.

« Exposé historique et judiciaire de la question du péage sur les trois ponts des Arts, d'Austerlitz et de la Cité. Impr. Le Normant.» 15 p. in-8° sans date, mais probablement vers 1845.

Notes manuscrites.

Assas (Rue d').

Loi relative à la vente des terrains des Chartreux, 27 germinal an VI.

Avis du Conseil d'État sur la demande d'échange entre la République et le citoyen Cabiran pour sa maison rue de Vaugirard, 10 germinal an XI.

Notes manuscrites et imprimées ; extraits de journaux.

Assomption (Église de l').

Arrêtés du Premier Consul transformant l'Assomption en magasin de décors, 25 germinal an XI : rendant l'Assomption au culte catholique, 30 floréal an XI.

Notes manuscrites et imprimées ; extraits de journaux.

Astorg (Rue d').

Lettres patentes sur arrêt ordonnant la prolongation de la rue Verte, et l'ouverture d'une nouvelle rue, sous le nom d'Astorg, 4 mars 1774.

Ordonnance du Bureau des Finances sur l'enregistrement des Lettres Patentes du 4 mars 1774, 12 août 1775.

Avis du Bureau de la Ville sur le même objet, 19 août 1775.

Lettres patentes ordonnant la prolongation des rues Verte et d'Astorg, 24 juillet 1778.

Avis défavorable du Bureau des Finances sur les lettres patentes pour la prolongation de la rue d'Astorg, 30 janvier 1779.

Arrêt du Conseil d'État ordonnant le premier pavage de la rue d'Astorg, 3 mai 1780.

Avis du Bureau de la Ville favorable au prolongement des rues Verte et d'Astorg, 22 décembre 1780.

Notes manuscrites et imprimées.

Aubry-le-Boucher (Rue).

Arrêt du Conseil d'État ordonnant l'élargissement de cette rue, 4 février 1679.

Notes manuscrites et imprimées.

Augustin (Rue Saint-).

Les pièces relatives à cette rue sont analysées et non copiées *in-extenso*.

Suppression des égouts Gaillon et des Petits-Champs : Arrêt du Conseil d'État du 22 avril 1679.

Ouverture d'une rue vis-à-vis celle de Saint-Marc : Arrêt du Conseil d'État du 16 mars 1688.

Changement de direction de la rue : Arrêt du Conseil d'État du 24 février 1693.

Délaissement de l'emplacement de l'Hôtel de Vendôme par la Ville, 14 mai 1699.

Continuation de la rue Saint-Augustin : Arrêts du Conseil d'État des 22 mars 1701 et 3 juillet 1703.

Suppression de la rue à former le long du Cours, de la grande rue du Faubourg-de-Richelieu à celle de Gaillon : Arrêt du Conseil d'État du 21 juin 1704.

Continuation de la rue Neuve-Saint-Augustin : Arrêt du Conseil d'État du 4 octobre 1704.

Cession de l'emplacement de la rue de Gaillon à l'abbé de Saint-Victor : Arrêt du Conseil d'État du 18 octobre 1704.

Suppression de la rue des Capucines : Arrêt du Conseil d'État du 3 août 1706.

Enquête sur le projet de suppression de la rue de Lorges : Arrêt du Conseil d'État du 1er février 1707.

Suppression de la rue de Lorges : Arrêt du Conseil d'État du 15 février 1707.

Enquête sur le redressement et l'élargissement de la rue Neuve-Saint-Augustin : Arrêt du Conseil d'État du 19 avril 1707.

Procès-verbal de redressement de la rue Neuve-Saint-Augustin : arrêt du Conseil d'État du 29 avril 1710.

Continuation de la rue Neuve-Saint-Augustin : Arrêt du Conseil d'État du 14 mars 1713.

Vente des terrains appartenant à l'abbé de Saint-Victor : Arrêt du Conseil d'État du 7 août 1714.

Plan de la rue Neuve-Saint-Augustin et des rues voisines, 1703.

Notes manuscrites. 1791-1881.

AUGUSTINS (Rue des Grands-).

Note aux administrateurs du département : proposition d'appeler le quai des Grands-Augustins, quai de Thionville ou quai Ferrand, 7 prairial an VI.

AVEUGLES (Institution des Jeunes).

Décret de la Convention créant quatre-vingt-six places gratuites à l'institution des Jeunes Aveugles, 10 thermidor an III.

« Institution Impériale des Jeunes Aveugles. Inauguration du buste de Louis Braille. Paris, imp. Duverger, 1853, » 26 p. in-8°.

« Notice sur les établissements pour les jeunes aveugles fondés à Paris et à Versailles..., par P. I. C. Bessac. Versailles, imp. Beau, 1855 ? » 16 p. in-12.

« Ministère de l'intérieur : Institution Impériale des Jeunes Aveugles, boulevard des Invalides, n° 56. Prospectus. Paris, imp. Remquet, 1855, » 4 p. in-8°.

Mémoires manuscrits et imprimés ; extraits de journaux.

CARTON 4

BABILLE (Rue). — BELLAY (Rue du).

BABYLONNE (Rue de).

Avis du Bureau de la Ville favorable à la cession au sieur de Maupeou et consorts de 184 toises qui forment l'ancien emplacement d'une partie de la rue de Babylone, faubourg Saint-Germain, 7 mars 1765.

Notes manuscrites, 1779-1782.

BAC (Rue du).

Avis du Bureau de la Ville favorable à l'établissement d'un hôpital de convalescents, tenu par les religieuses de la Charité, 18 octobre 1669.

Lettres patentes autorisant l'établissement de la communauté du Saint-Esprit, mai 1726.

Avis du Bureau de la Ville favorable à cet établissement, 2 décembre 1732.

Notes manuscrites, an VII-1884.

BANQUE DE FRANCE

Lettres de Bonaparte, premier consul, et de l'empereur Napoléon, relatives à l'établissement et au fonctionnement de la Banque de France, 12 frimaire, 4 pluviose, an XII, 14 novembre 1806, 18 juillet 1807, 8 septembre 1808, 5, 15, 29 mai 1810.

Notes manuscrites, an VIII-1880.

Extraits de journaux.

BARBE (Collège Sainte-).

Arrêt du Conseil d'État autorisant la communauté de Sainte-Barbe à acquérir le collège des Cholets et d'autres bâtiments, 29 août 1784.

« Sainte-Barbe, 13 août 1850. Distribution des prix sous la présidence de M. Devinck. Paris, impr. Duverger, » 7 p. in-12°.

Notes manuscrites : correspondance avec MM. de Lanneau, 1840-1854.

BARRES (Rue des).

Lettres patentes permettant aux filles de la Croix d'acquérir l'hôtel de Maubuisson, juillet 1778.

BART (Rue Jean-).

Bureau de l'immobilier : Rapport général sur les rues existantes dans la partie du Luxembourg, coupée par l'émigré Monsieur. 2 plans annexés, 30 germinal, an XI.

Notes manuscrites : extraits de journaux.

BARTHÉLEMY (Rue).

Correspondance entre le préfet de la Seine et le ministre de l'intérieur au sujet des rues environnant l'abbattoir de Grenelle, 1817.

« Discours prononcé, le 15 mars 1819, sur la tombe de M. Barthélemy par M. Bellart, président du Conseil général du département de la Seine. Impr. Demonville. » 3 p. in-16.

Notes manuscrites.

BASTILLE (Place de la)

Extraits des registres du district de Saint-Louis-de-la-Culture : découverte de cadavres dans les décombres de la Bastille ; fac-similé des signatures des officiers auteurs de la découverte et des administrateurs du district. 7 et 8 mai 1790.

Décret de l'Assemblée nationale : formation, sur la proposition du patriote Palloy, sur l'ancien terrain de la Bastille, d'une place de la Liberté, 16 juin 1791.

Arrêté du premier consul : formation d'une place sur le terrain de la Bastille, 11 frimaire, an XII.

Lettres et décrets de Napoléon 1er : projets divers pour la place de la Bastille : fontaine de la Trirème, fontaine de l'Eléphant, etc. 9 mai 1806, 26 mars et 24 décembre 1808, 9 février 1813.

« Funérailles des citoyens morts pour la République dans les immortelles journées des 22, 23 et 24 février... Leur translation dans les caveaux de la colonne de Juillet. Paris, 1848, impr. Stahl », 2 p. in-8°.

BATIGNOLLES (Théâtre des).

« 20 mai 1838 : Société en commandite pour l'érection d'un théâtre à Batignolles-Monceaux. Impr. Rémy, » 16 p. in-8°, plan.

Notice manuscrite sur le théâtre des Batignolles, 1878 ou 1879.

BAYEN (Rue).

« Plan de 92 lots de terrains situés au Ternes entre la barrière de Courcelles et la route de la Révolte, 1829. »

Notes manuscrites.

BÉARN (Impasse de).

Lettres patentes portant confirmation de l'établissement de la maison des filles hospitalières, près la place Royale, à Paris, septembre 1779.

Notes manuscrites, an III-1880.

BEAU-GRENELLE (Place).

« Fête d'inauguration du Beau-Grenelle, 27 juin 1824. Paris, impr. Lebègue », 11 p. in-16.

« Plan du Nouveau-Grenelle, lithographie de Crosnier et Renou. »

« Plan des terrains à vendre dépendant de la propriété de la Société des terrains et bâtiments de Grenelle, levé en juillet 1836, par Herr, arpenteur-géomètre de la la Société. »

Plan de Grenelle, sans lieu ni date.

« Notice historique et étymologie de l'ancienne commune de Grenelle, annexée à Paris en 1860 ». 9 pages manuscrites.

« Appendice à la notice relative à l'ancienne commune de Grenelle ». 8 pages manuscrites.

Beaujon (Hôpital).

Lettres patentes permettant au sieur de Beaujon de fonder un hospice dans la paroisse de Saint-Philippe-du-Roule, mai 1785.

Décret de la Convention destinant la maison Beaujon à l'établissement de la commission de l'envoi des Lois, 28 ventôse, an II.

Décret de la Convention qui supprime l'hospice Beaujon, 27 brumaire, an III.

Notes manuscrites ; extraits de journaux.

Beaurepaire (Rue).

Décret de l'Assemblée nationale ordonnant la translation du corps de Beaurepaire au Panthéon Français, 12 septembre 1792.

Notes manuscrites.

Beausire (Rue Jean-).

Arrêt du Conseil d'État ordonnant l'alignement et le pavage de la rue Jean-Beausire, 1672.

Arrêt du Conseil d'État fixant les alignenents et ordonnant la continuation de la rue Jean-Beausire, 16 août 1672.

Arrêt du Conseil d'État confirmatif des précédents, 3 juillet 1685.

Arrêt du Conseil d'État diminuant la largeur de la rue Jean-Beausire, 15 juin 1686.

Armes de Jean de Beausire, 1697.

Notes manuscrites.

Beauveau (Marché).

Lettres patentes confirmant le contrat de vente entre le sieur Chomel de Gerville et les religieuses de l'abbaye royale de Saint-Antoine-des-Champs, à Paris, pour l'établissement d'un marché public et d'une fontaine dans le faubourg Saint-Antoine, 17 février 1777.

Arrêt du Conseil d'État fixant les noms des quatre rues percées sur les terrains de l'abbaye Saint-Antoine, 8 janvier 1780.

Mémoire de la Compagnie du marché Beauveau, aux Prévôt et échevins de Paris, 3 pages manuscrites, 1783.

Mémoire pour l'abbaye Saint-Antoine, relatif au marché Beauveau, 5 pages manuscrites, 1784.

Notice sur le marché Beauveau, 2 pages manuscrites signées Mireaud, 16 février 1785.

Lettres patentes mettant à la charge du Trésor royal les frais d'entretien du pavé de la place du Marché Saint-Antoine et de la fourniture de l'eau de la fontaine, 28 février 1789.

Plan du marché et de ses abords, 1778.

Plan gravé du marché et de ses abords, sans lieu ni date.

CARTON 5

BELLECHASSE (Rue de). — BIOT (Rue).

BELLECHASSE (Rue de).

Notes manuscrites sur les biens provenant de l'ancien domaine de Bellechasse, an VI-1828.

BELLEVILLE (Boulevard de).

* Arrêté préfectoral fixant les alignements du boulevard de Belleville, 3 août 1866.

Notes manuscrites.

BELLEVILLE (Rue de).

Notes manuscrites sur l'ancienne commune de Belleville, extraites du manuscrit de M. Demay, 1853.

Inscriptions des regards de Belleville.

BERCY (Quai de).

Requête au Ministre de l'Intérieur, pour Reyneau et consorts contre le Préfet de la Seine et la commune de Bercy, litige au

sujet du premier pavage, signée « Reverchon, avocat au Conseil
d'État. Neuilly, impr. Poilleux, » 20 pages in-8 , 9 avril 1858.

« Conseil d'État, section du contentieux : requête pour Reyneau
et consorts, signée Reverchon, 9 mai 1859 ; lettre du ministre
du commerce ; réplique pour Reyneau, signée Reverchon.
Paris, impr. Claye, » 23 p. in-8°, 26 décembre 1859.

Notes manuscrites : extraits de journaux.

Bernard (Rue des Fossés-Saint-).

Lettres patentes portant permission aux sieurs de Bellefonds
et Dupertois de construire deux ports et trois rues entre les
portes Saint-Bernard et Saint-Victor, juin 1670.

Notes manuscrites.

Bertrand (Rue),

« Arrêt du Conseil d'État, autorisant le sieur Brogniard à
ouvrir trois rues, 30 juin 1790.

Lettre portant la signature autographe du 'général Bertrand,
9 frimaire an XIV.

Notes manuscrites.

Bibliothèques

Dans ce dossier, nous extrayons d'un rapport de M. Victor
Foucher, sur la Bibliothèque de la Ville (20 mai 1859), la liste
des manuscrits et dessins originaux, relatifs à l'histoire de Paris,
possédés par cette bibliothèque et disparus dans l'incendie de
1871 ; nous faisons remarquer que cette liste est naturellement
incomplète de toutes les acquisitions qui avaient pu être faites
depuis 1859.

1. Généalogies anciennes de Paris, incomplet, in-4°, s. d.
2. Confrérie des bourgeois de Paris à Notre-Dame (1546).
3. Recueil de pièces imprimées et inédites relatives à sainte Gene-
   viève et à sa châsse, in-4° (1638).
4. Constitutions religieuses de l'Hôtel-Dieu, in-folio (1652).
5. Extraits des titres de l'Hôtel de Ville (1134-1607), in-folio, incomplet (xvii° siècle).
6. Extraits des registres du Bureau de la Ville relatifs à des cérémo-
   nies secondaires, 9 vol. in-fol (1744-1769).

2

7. Registre des six corps des Marchands, in-folio (1734).
8. Compte des dépenses de la Commune au 10 août (1792).
9. Copie des arrêts du Parlement de Paris (1254-1630), incomplet, 45 vol. in-folio (xviie siècle).
10. Miscellanea de la Chambre des Comptes (1300 à 1630), incomplet, 2 vol. in-folio (xviie siècle).
11. Copie des registres de la Tournelle criminelle (1334-1621), incomplet, 7 reg. in-folio (xviie siècle).
12. Consistance du domaine de Paris 1353-1646) (xviie siècle).
13. Terrier de Paris (1437-1617), in-folio.
14. Phélippeaux. Mémoire sur l'intendance de Paris ; in-folio (1710).
15. Le Parlement de Paris (manuscrit sur ses membres au temps de Lamoignon), in-4° (xviie siècle).
16. Catalogue des gouverneurs de Paris (1724).
17. Mulatier. Limites de Paris, 10 vol. in-folio (1787).
18. Ledoux. Dessins originaux des barrières, 2 vol. in-folio (1787),
19. Pernot. Vues de l'ancien Paris, 70 dessins, sous cadres.
20. État des prisonniers mis à la Bastille (1515-1715), in-folio (xviiie siècle).
21. Collèges réunis à Louis-le-Grand, fondations anciennes (manuscrit curieux), in-folio (1762).
22. Ordonnances pour la vente du poisson (1280-1456).
23. Procès-verbaux de police relatifs aux filles galantes de Paris, 7 vol. in-4° (1760).
24. Courses de bagues, in-folio oblong (1662).
25. Collection de documents historiques relatifs à l'Opéra et à l'ancienne administration du Théâtre-Français, don fait par M. Beffara, 50 vol. in-folio.

Bièvre (Rivière de).

Extrait d'un rapport sur la rivière de Bièvre, présenté aux Consuls de la République, par Lucien Bonaparte ministre de l'intérieur, 27 fructidor an VIII.

« Recherches et considérations sur la rivière de Bièvre ou des Gobelins..., par MM. Parent-Duchâtelet et Pavet de Courteille. Paris, Crevot, » 88 p. in-8°.

« Conseil général du département de la Seine. Séance du 15 novembre 1847. Amélioration du cours de la Bièvre. Rapport de la commission administrative : Paris. impr. Vinchon, » 43 p. in-8°.

« Copie de la pétition remise à M. le Préfet de la Seine, le 24 janvier 1852, au nom des soussignés propriétaires, tanneurs, mégissiers et blanchisseurs, riverains de la Bièvre, demandant la réglementation du cours de cette rivière dans Paris. » 6 pages, autographiées, in-4°.

Extraits de journaux.

<hr />

CARTON 6

BIRAGUE (Rue de). — BOURSE (Palais de la).

Blancs-Manteaux (Église des).

Décrets impériaux autorisant le préfet de la Seine à acquérir cette église, moyennant le prix de 130,000 francs, des sœurs Muiroger et Paucheret, 27 septembre 1807, 24 avril 1808.

Notes manuscrites, extraits de journaux.

Blancs-Manteaux (Marché des).

Décret de la Convention supprimant l'hospice Saint-Anastase, dit Saint-Gervais, 18 ventôse an III.

Décret impérial transférant dans l'emplacement de l'ancien hospice Saint-Gervais le marché qui devait être construit place Saint-Jean, 21 mars 1813.

Notes manuscrites.

Blé (Halle au).

Lettres patentes du roi, en forme de déclaration, portant établissement dans la Ville de Paris d'une nouvelle halle au blé et d'une gare pour les bateaux, 25 novembre 1762, enregistrées au Parlement le 22 décembre 1762.

« Historique et situation de l'ancien hôtel de Nesle, devenu 400 ans après l'hôtel de Soissons, et de ses accroissemens sur les fossés et remparts », mémoire manuscrit du xviii° siècle avec plan.

« Réponse au mémoire concernant l'hôtel de Soissons, originairement appelé de Bohaigne et d'Orléans », mémoire manuscrit, xviiie siècle.

Mémoire sur des maisons de la rue de Viarmes, manuscrit postérieur à 1765.

Plan de la Halle au blé et de ses abords, 1765.

Décret impérial ordonnant la couverture en fer de la Halle au blé, 4 septembre 1807.

Notes manuscrites, extraits de journaux.

Boinod (Rue).

« Ministère de la Guerre : discours prononcé sur la tombe de M. Boinod, par M. le Conseiller d'État, intendant militaire Genty de Bussy, le 30 mai 1842 », autographié, 6 pages in-8°.

Note manuscrite.

Bois-de-Boulogne.

Concession par la Ville de Paris d'un terrain, au bois de Boulogne, pour le jardin zoologique d'acclimatation, 16 pages autographiées in-8°, 1858-1871.

Notes manuscrites, extraits de journaux.

Boissy d'Anglas (Rue).

« Arrest du 28 avril 1674 qui confirme le bornage des limites de 1671, par 35 bornes, la première ponceau du Roulle et la dernière sur le bord de l'eau, du costé d'aval, isle Maquerelle, dite des Cignes. »

Ordonnance du Bureau de la Ville donnant les alignements de la rue Bonne-Morue, 12 avril 1758.

Lettres patentes pour la liberté des constructions dans les rues de l'Orangerie et de la Bonne-Morue, 30 octobre 1758.

Plan du faubourg Saint-Honoré et de ses abords, xviiie siècle.

Notes manuscrites, xviiie siècle-1873.

Bonaparte (Rue).

Mémoire sur la rue du Pot-de-Fer-Saint-Sulpice ou Férou, fin du xviie ou commencement du xviiie siècle.

Lettre avec signature autographe de Bonaparte, premier consul, 22 brumaire an IX.

Notes imprimées et manuscrites.

Bondy (Rue de).

Arrêt du Conseil d'État fixant les alignements de la rue Basse-Saint-Martin, 7 août 1769.

Arrêt du Conseil d'État fixant les alignements de la rue Basse-Saint-Martin et supprimant un rang d'arbres du rempart; plan annexé, 17 mars 1770.

Plan de la rue de Bondy et de ses abords, 1873.

Notes manuscrites, 1770-1879.

Bonne-Nouvelle (Boulevard de).

Arrêté du Corps municipal ordonnant la fermeture du cimetière de Bonne-Nouvelle, 7 juillet 1793.

Notes manuscrites.

Boucher (Rue).

Lettres patentes qui autorisent la Ville de Paris à ouvrir des rues sur l'emplacement de l'ancien hôtel des Monnaies, août 1776.

Notes manuscrites.

Boudreau (Rue).

* Lettres patentes permettant aux sieurs Delahaye et Aubert l'ouverture de trois nouvelles rues : Boudreau, Caumartin, Trudon, 3 juillet 1779.

Plan de ces trois rues, 1780.

Notes manuscrites, 1778-1871.

Boule-Blanche (Passage de la).

Arrêt du Conseil d'État ordonnant le percement, en face de l'Hôtel des Mousquetaires de la 2ᵉ compagnie, rue de Charenton, d'une rue de six toises de largeur, 5 juin 1700.

Notes manuscrites.

BOULEVARDS.

Inventaire des titres des séries E et Q des Archives nationales, relatifs aux remparts et boulevards de Paris.

Avis du Bureau de la Ville : constructions trop rapprochées du rempart, 3 août 1656.

Arrêt du Conseil d'État qui ordonne de faire travailler à la construction du rempart, de la porte Saint-Antoine à celle de Saint-Martin, 7 juin 1670.

Arrêt du Conseil d'État ordonnant la continuation du rempart, l'élargissement de la porte Saint-Antoine et l'établissement d'une nouvelle porte Saint-Denis, 17 mars 1671.

Arrêt du Conseil d'État ordonnant la formation d'une rue à rampe au bas du rempart, de la porte Saint-Antoine à la porte Saint-Martin, 15 juillet 1673.

Édit portant que le nouveau plan d'ensemble des embellissement de la Ville sera exécuté, juillet 1676.

* Arrêt du Conseil d'État ordonnant la reconstruction de la porte du Temple, 4 novembre 1684.

* Arrêt du Conseil d'État ordonnant la formation du cours, de la porte Saint-Honoré à la porte Saint-Martin, et le nettoyage d'une place vaine et vague, sise derrière les Filles-Dieu et nommée la Ville-Neuve, 7 avril 1685.

Arrêt du Conseil d'État supprimant la rue qui devait être formée le long du cours, depuis la grande rue du Faubourg-de-Richelieu jusqu'à celle de Gaillon, 21 jun 1704.

* Arrêt du Conseil d'État qui ordonne la formation du rempart du quartier Saint-Germain, 1er décembre 1715.

« Arrest du Conseil d'Estat du roy qui ordonne que les habitans situez sur la chaussée de la Villette, étant de la paroisse de Saint-Laurent...... seront tenus, à commencer du 1er octobre 1722, de payer les entrées du 29 septembre 1722. A Paris, chez la veuve Saugrain et Pierre Prault, imprimeurs des fermes du roy, 11 p. 8°, 1732. »

« Arrest du Conseil d'Estat du roy au sujet des transformations de barrières...... du 21 juin 1723. Paris, Pierre Prault, imprimeur, 4 p. 8°, 1742. »

« Déclaration du roy qui règle les limites de la Ville de Paris, donnée à Chantilly, le 18 juillet 1724, registrée en Parlement. A Paris. chez la veuve Saugrain et Pierre Prault, imprimeurs. 1724. »

Délibération du Bureau de la Ville tendant à obtenir la permission de faire les remparts et boulevards de la rive gauche, 24 octobre 1752

* Lettres patentes et arrêt du Conseil d'État relatifs à la formation du nouveau rempart du Midi ou de la rive gauche, 9 août 1760.

Arrêt du Conseil d'Etat relatif à la formation des boulevards du Midi, 2 janvier 1761.

Arrêt du Parlement relatif aux fouilles nécessaires pour la construction des nouveaux boulevards, 23 mars 1762.

Déclaration royale fixant les limites de la Ville et faubourgs de Paris, 16 mai 1765.

* Arrêt du Conseil d'Etat fixant les alignements, plantations, constructions, etc., des remparts du Midi, 19 mai 1767.

Arrêt du Conseil d'Etat ordonnant le pavage de l'allée du milieu du rempart, au nord de la ville de Paris, de la porte Saint-Antoine au faubourg Saint-Honoré, 10 avril 1772.

Délibération du Bureau de la Ville tendant à l'établissement d'une chaussée pavée de la porte Saint-Martin à la rue Louis-le-Grand ou Chaussée-d'Antin. 1er août 1777.

Édit ordonnant les expropriations nécessaires aux alignements du boulevard, de la rue du Temple à la rue Poissonnière, avril 1778.

Arrêt du Conseil d'Etat autorisant les expropriations nécessaires à la formation des contre-allées des boulevards du Midi, 5 février 1780.

« Mémoire pour les propriétaires des maisons sises rue de Bondy, réclamant contre le plan donné par M. le préfet pour la construction du nouveau théâtre de l'Ambigu, 13 mai 1828 », signé Dupin aîné. Impr. 16 p. in-8", s. l. avec trois plans : plan de la rue et du boulevard, 1770 ; plan de la rue et du boulevard, 1827 ; plan des constructions du théâtre, 1827.

Notes manuscrites : extraits de journaux.

BOURBON-LE-CHATEAU (Rue de).

Lettre de l'Administration des Ponts-et-Chaussées à la Préfecture de la Seine ; demande de changement du nom de rue de la Chaumière, donnée à l'ancienne rue Bourbon-le-Château, 28 novembre 1806.

BOURGOGNE (Rue de)

* Arrêt du Conseil d'État approuvant les plans d'embellissement du quartier Saint-Germain, 23 août 1707.

* Arrêt du Conseil d'État fixant la largeur de la rue de Bourgogne, 15 mars 1717.

* Lettres patentes relatives à la continuation de la rue de Bourgogne, 13 février 1720.

Arrêt du Conseil d'État portant formation d'une place, rue de Bourgogne, 1er mai 1725.

Édit permettant le redressement de la rue de Bourgogne et la formation d'une rue au-devant du Palais-Bourbon, novembre 1775, enregistré au Parlement le 28 mars 1776.

Avis du Bureau de la Ville, favorable à ces modifications, 12 janvier 1776.

Plan particulier de la rue de Bourgogne, 1720.

Plan de la rue de Bourgogne et de ses abords, 1723.

Plan de la rue de Bourgogne et de la place, 1770.

Notes manuscrites, 1798-1866.

BOURSE (Palais de la).

Ordonnance du Bureau de la Ville défendant aux religieuses de Saint-Thomas d'enclore, dans l'enceinte de leur couvent, la rue Saint-Hierosme, 27 septembre 1653.

« Plan du ci-devant couvent des Filles Saint-Thomas, avec les nouvelles rues projetées dans ce domaine, lequel sera divisé en 21 lots. Deiettre sculpsit », antérieur à 1808.

Lettres de Napoléon 1er : construction de la Bourse, 2 décembre 1806-2 juin 1808.

Ordonnances concernant la police de la Bourse, 10 pièces imprimées, an IX-1831.

« Mémoire à l'appui d'un projet pour placer, conformément aux intentions de Sa Majesté, la Bourse, le Tribunal de Commerce et la Banque de France, dans les constructions de la nouvelle église de la Madeleine, par Pierre Vignon, architecte. A Paris, chez l'auteur, rue Melée, 40, 1806 ». Imprimerie H. L. Perroneau, 23 pages in-8°, un plan.

Notes imprimées et manuscrites ; extraits de journaux.

CARTON 7

BOURSE (Place de la). — BIRON (Rue Lord .

Bréa (Rue).

Délibération de la Commission municipale, 22 décembre 1849.

Breteuil (Avenue de).

Lettre de Chaptal, ministre de l'Intérieur, à Frochot, préfet de la Seine, relative aux distances qui doivent être observées entre les arbres des avenues et les constructions à faire le long des promenades, 14 vendémiaire an X.

Brey (Rue).

Notes biographiques manuscrites sur Brey, architecte, constructeur du passage des Panoramas, de la rue Vivienne, du quartier de l'Arc-de-Triomphe, etc.

Brézin (Rue).

« Administration générale de l'Assistance publique, à Paris. Inauguration du buste de Brézin, fondateur de l'hospice de la Reconnaissance, situé à Garches (Seine-et-Oise), 14 octobre 1866. Paris, Paul Dupont... 1866 » ; 15 pages in-12.

Notes manuscrites.

Brunet (Rue du Général).

Notes manuscrites sur la vie du général Brunet, par son fils.

Buffault (Rue).

Lettres patentes autorisant le sieur Samson-Nicolas Lenoir à ouvrir une nouvelle rue de 30 pieds de large, 4 juillet 1877.
Plan de la rue Buffault, 9 septembre 1877.
Notes manuscrites ; extraits de journaux.

Buttes-Chaumont (Parc des).

« Parc des Buttes Saint-Chaumont. Guide du Promeneur donnant la description pittoresque du parc et des différents panoramas qui l'entourent, par M. L. Delapie de Lafage. Paris, librairie internationale... Lacroix, Verbœckhoven, 1867 », 72 pages in-16.
Notes manuscrites ; extraits de journaux.

CARTON 8

CABANIS (Rue). — CHAMP-DE-L'ALOUETTE (Rue du).

Caire (Rue du).

« Plan du ci-devant couvent des Filles-Dieu et du percement de rue qui doit être exécuté depuis celle Denis jusqu'à celle Égalité. Delettre sculpsit ». Sans lieu ni date, mais antérieur à l'an VIII.
Notes manuscrites ; extraits de journaux.

Cambon (Rue).

* Lettres patentes concernant l'ouverture de la rue Neuve-de-Luxembourg, 3 septembre 1719, enregistrées au Parlement le 7 août 1722.

Plan de la rue Neuve-de-Luxembourg, 7 juillet 1725.
Plan du quartier de la rue Neuve-de-Luxembourg, xviiiᵉ siècle.
Notes manuscrites : extrait de journaux.

CAPUCINES (Rue des).

Arrêt du Conseil d'État ordonnant la continuation de la rue Neuve-des-Petits-Champs jusqu'à la place de Louis-le-Grand, 5 juin 1700.

Notes manuscrites.

CARMES (Marché des).

Décret impérial relatif à la création de marchés, à Paris, 30 janvier 1811.

Notes manuscrites.

CARMES (Rue des).

Bail pour huit ans, par devant Thibault et Decombes, notaires au Châtelet de Paris, par André Bonvoisin, prévôt commandataire de l'abbaye de Saint-Maixent, Nicolas de Noble, bourgeois de Paris, et maître Jehan Février, maître ès-arts, tous trois proviseurs du collège des Lombards, à Guyon Hiérosme, maître serrurier, moyennant un loyer annuel de quarante livres tournois, d'une maison sise à Paris, rue des Carmes, appartenant au collège de Lombards, où pend pour enseigne l'Albanais, 31 juillet 1548. Parchemin.

Bail pour huit ans, par André Bonvoisin, prévôt commandataire de l'abbaye de Saint-Maixent, Nicolas de Noble, bourgeois de Paris, et maître Jehan Février, maître ès-arts, tous trois proviseurs du collège des Lombards, à Zacharie Péret, barbier, moyennant un loyer annuel de soixante livres, d'une maison sise à Paris, rue des Carmes, au-dessus du collège des Lombards, où pend pour enseigne la Corne de Daim, 1ᵉʳ août 1548. Parchemin.

Cession par devant Perret et Vallin de Serignan, notaires au Châtelet de Paris, par Claude Ricœur, bourgeois de Paris, et Laurence Regnault, sa femme, à Robert Mercier, bourgeois de Paris, et à Jeanne Boullenois, sa femme, moyennant 2,800 livres, du bail emphytéotique d'une maison sise à Paris, rue des Carmes, en la censive [de l'église Saint-Marcel, 16 août 1669. Parchemin, 20 pages.

Donation par devant Béroin et Manchon, notaires au Châtelet de Paris, par Patrice Maguin, abbé de Thuley au diocèse de Langres, premier aumônier de la reine de Grande-Bretagne, demeurant à Paris, au collège des Lombards, et Malachie Kelly, prieur de Chaponier, demeurant à Paris, rue des Vieilles-Garnisons, en faveur des boursiers irlandais du collège des Lombards, d'une maison sise en la rue des Carmes, au coin de la rue Judas, que lesdits sieurs Maguin et Kelly avaient fait bâtir de neuf à leurs frais, 12 juillet 1681. Parchemin, 3 pages.

Notes manuscrites.

Caron (Rue)

Requête du sieur Marchand Ducolombier au ministre Amélot et description du plan de marché imaginé par le sieur Caron, 1783.

Lettres patentes approuvant les plans du marché de la rue Culture-Sainte-Catherine, 15 février 1783.

Notes manuscrites.

Carreaux (Rue des Petits).

Avis du Bureau de la Ville favorable à la concession à Pierre Prieur du cul-de-sac du Crucifix, ouvrant sur la rue du Petit-Carreau, 7 mars 1769.

Carrousel (Place du).

« Décret de la Convention Nationale du 5 mai 1793, l'an second de la République Françoise, qui invite les artistes à concourir pour présenter un projet de division du local compris entre le Carrousel, la rue Saint-Nicaise, la rue Saint-Honoré, etc., etc... A Paris, de l'imprimerie Nationale exécutive du Louvre », 3 pages in-8°.

« Décret de la Convention Nationale du 30 juin 1793, l'an second de la République Françoise, qui approuve le programme du concours pour le plan de division du local compris entre les

rues adjacentes au Palais national. — A Paris, de l'imprimerie
Nationale exécutive du Louvre ». 7 pages in-8°.

Arrêté des consuls : destruction des maisons de la place du
Carrousel, ébranlées par l'explosion de la rue Saint-Nicaise,
4 pluviôse an IX.

Lettre du premier Consul et arrêté relatifs au même objet,
15 nivôse et 23 prairial an IX.

Décision du premier consul : apport des chevaux de Venise
sur la place du Carrousel, 8 fructidor an X.

Décret impérial : régularisation de la place du Carrousel,
construction de l'arc-de-triomphe du Carrousel, 26 février 1806.

Lettres de Napoléon Ier : égout de la rue Froidmanteau,
démolition des maisons de la place du Carrousel, 22 avril 1806-
25 mars 1815.

Notes manuscrites ; extraits de journaux.

CASERNES.

« Au roi, en son Conseil d'Etat. Appel, par la Ville de Paris,
d'une décision du ministre de la guerre, relative aux dépenses
de l'ancienne garde municipale licenciée en décembre 1812 ».
Imprimé, sans lieu ni date, signé « Cochin, avocat aux conseils »,
38 pages in-8°.

Notes manuscrites.

CASSETTE (Rue).

Avis du Bureau de la Ville favorable à l'établissement des
religieuses bénédictines du Saint-Sacrement, au faubourg Saint-
Germain, 4 juillet 1653.

Notes manuscrites.

CASSINI (Rue).

Arrêté de l'administration centrale du département de la
Seine, attribuant à une rue le nom de Cassini, 19 pluviôse
an V.

Notes manuscrites, 1790-1876.

Catherine (Marché Sainte-)

Plan du marché Sainte-Catherine, 1783.

Caumartin (Rue)

Arrêt du Conseil d'État autorisant le sieur Sandrier des Fossés à ouvrir une nouvelle rue, 12 septembre 1772.

Lettres patentes sur l'arrêt précité, 14 octobre 1772, enregistrées au Parlement, le 23 août 1773.

Requête de Sandrier des Fossés au Bureau de la Ville demandant l'alignement de la nouvelle rue, avis favorable du Bureau de la Ville, 22 septembre 1773.

Avis du Bureau de la Ville, favorable à l'ouverture de la rue Thiroux, 14 mai 1773.

Lettres patentes permettant aux sieurs Delahaye et Aubert l'ouverture de trois nouvelles rues, 3 juillet 1779.

Plan de la rue Caumartin, 1773.

Ordre du roi désignant Monsieur de Caumartin pour la place de Prévôt des Marchands, 10 mai 1778.

Fac-simile de la signature de Monsieur de Caumartin,

Notes manuscrites, 1748-1780.

Célestins (Caserne des)

« Rapports à Monsieur le Préfet de la Seine sur les fouilles des Célestions. Paris, imprimerie Dupont, 1852 », 38 pages in-4°.

Notes manuscrites, 1794-1880.

Célestins (Quai des),

Procès-verbal d'inauguration par le Bureau de la Ville, 7 août 1553.

Arrêt du Conseil d'État ordonnant l'établissement des quais de l'Arche-Beaufils et de l'Arsenal, 12 juillet 1675.

Arrêt du Conseil d'État prescrivant la formation d'une chaussée le long du quai des Célestins, 2 décembre 1704.

Notes manuscrites, extraits de journaux.

CHABANAIS (Rue de).

Lettres patentes autorisant la marquis de Chabannois à ouvrir une nouvelle rue sur les terrains de l'hôtel de Saint-Pouanges. 10 avril 1773.

Plan de la rue de Chabannois, 10 avril 1773.

Lettres de surranation accordées au marquis de Chabannois, 4 juin 1775.

Avis du Bureau de la Ville favorable au percement de la nouvelle rue, 5 juillet 1775.

Enregistrement par le Parlement des lettres patentes du 10 avril 1773, 13 jurllet 1775.

Notes manuscrites.

CARTON 9

CHAMP DE MARS. — CHATELET (Théâtre du).

CHAMP DE MARS.

Arrêté du Directoire : célébration des fêtes nationales au Champ de Mars, 4 messidor an VII.

Lettre de Napoléon Ier : réparation et nivellement du Champ de Mars, 10 avril 1806

« Le Champ de Mars, son passé, son présent et son avenir, par E. Chevalier et Léon Renard. Paris, Auguste Ghio, 1879, » 33 p. in-12, 6 plans.

Notes mémoires manuscrits, 1751-1878.

Extraits de journaux.

CHAMPIONNET (Rue).

Notice biographique manuscrite sur le général Oudot.

Portrait du général Oudot.

Extraits de journaux.

Champs (Rue Croix-des-Petits-)

Arrêt du Conseil d'État ordonnant la mise à l'alignement de la rue Croix-des-Petits-Champs, du côté de la rue Coquillière, 22 juin 1685.

Notes manuscrites.

Champs-Élysées.

« Arrêt du Conseil d'État du Roi qui, en exécution des Déclarations de 1724, 1726 et 1728 sur la fixation des limites de Paris, renouvelle les défenses de bâtir sur le terrain des Champs-Élysées. Du 23 mai 1789. Extrait des registres du Conseil d'État. »

Loi du 10 août 1828 : concession à la Ville de Paris à titre de propriété de la place Louis XVI et de la promenade des Champs-Élysées.

Loi du 31 mai 1834, relative aux travaux d'embellissement que la Ville de Paris doit faire aux Champs-Élysées et à la place de la Concorde.

Atlas national de Paris (Verniquet), feuilles 8, 17, 18 : plan des Champs-Élysées, du quartier de la Madeleine, de Passy, de Chaillot, 1789-1798.

« Mémoire sur l'embellissement des Champs-Élysées et les avantages que le gouvernement et la population parisienne doivent en retirer, par MM. Émile Bères, Dronsart et Hector Horeau. Paris, imprimerie de Ducessois... , 1836, » 2 + 9 p. in-4°.

« Champs-Elysées, projet pour l'établissement d'un nouveau tir, » 5 plans manuscrits, signés « M. Hittorf, architecte », 20 janvier 1846.

Notes manuscrites.

Extraits de journaux.

Change (Pont au).

Arrêt du Conseil d'État ordonnant la démolition des maisons construites sur les ponts, 14 août 1785.

Notes manuscrites, 1769-1860.

CHAPELLE EXPIATOIRE.

Lettre de Santerre au Conseil général de la Commune, sur l'inhumation de Louis XVI, 21 janvier 1793.

« Chapelle Expiatoire » : extrait des « Chroniques et légendes des Églises de Paris, sous l'empereur Napoléon III, par Charles Castelin, Paris, Picard, rue Hautefeuille, 1858 », pages 49 à 64, une photographie, in-12.

Notes manuscrites ; extraits de journaux.

CHAPON (Rue).

Avis du Bureau de la Ville, favorable à l'établissement des Carmélites, rue Chapon, 28 juillet 1688.

CHARLEMAGNE (Lycée).

Loi du 29 ventôse an IV : la maison des Jésuites affectée à une école centrale.

Décret impérial du 24 brumaire an XIII : organisation du lycée Charlemagne.

CHARLES V (Rue).

« Diammettres et poids des boulets de fer et de grais ou pierre dure, au nombre de cent-deux, qui ont été trouvez le 10ᵉ décembre 1712 et les jours suivans dans le jardin de la maison de Monsieur Foucault, conseiller d'estat, rue Neuve Saint-Paul, à Paris ; lesdits boulets étoit environ trois pieds dans terre ». Feuille in-8°, avec 4 dessins, XVIIIᵉ siècle.

Extraits de journaux.

CHARONNE (Rue de).

Avis du Bureau de la Ville défavorable à l'installation des religieuses Bénédictines de Notre-Dame-de-Bon-Secours, au faubourg Saint-Antoine, 10 mars 1669.

Notes manuscrites ; extraits de journaux.

Chabron (Rue Pierre).

Lettres patentes qui autorisent le comte d'Artois à ouvrir des rues sur le terrain de l'ancienne Pépinière, 29 novembre 1777.

Avis du Bureau de la Ville favorable au percement des rues sur le terrain de l'ancienne Pépinière, 24 mars 1778.

Notes manuscrites.

Extraits de journaux.

Chatelet (Place du).

Arrêté des consuls ordonnant la démolition du grand Châtelet, 27 nivôse an X.

Lettre du ministre de l'Intérieur au préfet de la Seine : établissement de la place Bonaparte sur l'emplacement du grand Châtelet, 21 germinal an XII.

« Plan du Grand Châtelet, Delettre sculpsit », vers l'an XII.

Notes manuscrites.

CARTON 10

CHATILLON (Avenue de). — CIMETIÈRES.

Chauchat (Rue).

Lettres patentes portant prolongation de la rue Saint-Georges et ouverture de la rue Chauchat, 7 mai 1779, enregistrées au Parlement le 29 juillet 1779.

Arrêté du directoire du département approuvant le prolongement des rues Chauchat et Lepeletier, 8 octobre 1793.

Plan de la rue Chauchat et de la rue Saint-Georges prolongée, 1er octobre 1779.

Notes manuscrites.

Chausson (Passage).

Ordonnances de police autorisant le passage Chausson comme passage public, 22 novembre 1847.

Chemin de fer de ceinture.

Brochures imprimées et autographiées, plans, etc., 1863-1879.

Chemin-Vert (Rue du).

Arrêt du Conseil d'État ordonnant le redressement de la rue Verte, au faubourg Saint-Antoine, 6 décembre 1740.

Édit permettant aux Prévôt des marchands et échevins de la Ville de faire démolir ce qui reste des murs d'enceinte et des bastions, de vendre les places vaines et vagues, de faire combler les fossés, d'établir la rue Amelot, de continuer plusieurs rues parmi lesquelles le chemin désigné sur le plan sous le nom de rue Verte, mai 1777.

Mémoire manuscrit relatif à la rue Verte, 16 octobre 1786.

Notes manuscrites.

Cherche-Midi (Rue du).

Avis du Bureau de la Ville favorable au maintien des prieure et religieuses de la congrégation de Notre-Dame de Saint-Joseph de Chassemidy, 27 avril 1671.

Note sur les biens nationaux sis dans la rue du Cherche-Midi et provenant du couvent.

Lettre du Ministère de l'Intérieur au Préfet de la Seine l'autorisant à donner le nom de rue du Cherche-Midi aux rues des Vieilles-Tuileries et du Petit-Vaugirard, 5 juin 1832.

Notes manuscrites.

Chevaux (Marché aux).

Avis du Bureau de la Ville : le marché aux chevaux de la porte Saint-Honoré, transféré à la place des Tournelles, 6 avril 1585.

Avis du Bureau de la Ville favorable à l'établissement par François Baraujon, apothicaire et valet de chambre du roi, d'un second marché aux chevaux au bout du faubourg Saint-Victor, près la croix de Clamart, 12 avril 1639.

Brochures imprimées et autographiées, plans relatifs au marché aux chevaux du boulevard de l'Hôpital, 1872-1874.

Notes manuscrites, extraits de journaux, 1806-1879.

Chevreau (Rue Henri).

Notes biographiques et lettres de M. Henri Chevreau, ancien préfet de la Seine.

Choiseul (Passage).

Ordonnance de police prescrivant les conditions imposées pour le maintien du passage comme passage public, 11 février 1848.

Choiseul (Rue de).

Lettres patentes autorisant la comtesse de Choiseul douairière et le comte de Choiseul Gouffier son fils à ouvrir une rue sur le terrain des jardins et bâtiments de leur hôtel, 9 juin 1779.

Plan de la rue de Choiseul, 19 août 1779.

Notes manuscrites.

Cimetières.

Arrêté du Conseil général de la Commune réglementant les inhumations à Paris, 23 août 1792 (1).

21 Brochures sur les cimetières de Paris et de Méry-sur-Oise.

Plan du cimetière du Père La Chaise.

Notes manuscrites : Lettre de Hérold, préfet de la Seine, 22 avril 1874.

---

(4) Publié dans les « Procès-verbaux de la Commune de Paris, 10 août 1792-1er juin 1793, par Maurice Tourneux, Paris, 1894 », in-8°, p. 55 et 56.

CARTON II

CIRQUE (Rue du). — COMPOINT (Impasse).

CITÉ (Quai de la).

Délibération du Bureau de la Ville : construction d'un quai, de l'extrémité du quai de l'Horloge au pont Notre-Dame, sur les fonds légués par le président Turgot, 4 mars 1774.

Édit qui ordonne des embellissements dans Paris, notamment le long de la rivière, septembre 1786.

Arrêt du Conseil d'État ordonnant la démolition des maisons de la rue de la Pelleterie et la construction d'un nouveau quai, 18 avril 1788.

Délibération du Bureau central du département de la Seine : construction du quai Desaix, messidor an VIII.

Lettres du premier Consul : 15 messidor, 20 thermidor an VII, 8 messidor an VIII ; mort de Desaix et honneurs funèbres qui lui sont rendus ; 4 floréal an XII ; travaux du quai Desaix.

Lettre de Napoléon Ier, 28 février 1806 : tombeau de Desaix.

Notes manuscrites : 1769-1873.

CLAIRVAUX (Impasse de).

Lettres patentes approuvant la cession au sieur Hussenot de bâtiments et de terrains appartenant à l'abbaye de Rigny et situés au fond du cul-de-sac de Clervaux, 20 juin 1788.

CLÉRY (Rue de).

Décision du Bureau de la Ville : toutes les maisons de la rue de Cléry seront réputées faire partie de la Ville, 1er août 1663.

Notes manuscrites.

Colbert (Rue)

* Ordonnance du Bureau des finances autorisant Colbert à ouvrir une rue sur les terrains lui appartenant, 16 janvier 1683. Notes manuscrites.

Colisée (Rue du).

* Arrêt du Conseil d'État ordonnant l'élargissement du chemin des Gourdes, qui deviendra la rue du Colisée, 25 août 1769.
Plan de la rue du Colisée, 22 décembre 1769.

Colonnes (Rue des)

Procès-verbal d'adjudication de la Maison nationale sur le terrain de laquelle devait être faite la rue des Colonnes, 15 frimaire, an III.
* Arrêtés de l'Administration centrale : Admission puis exclusion de la rue des Colonnes du nombre des voies publiques de Paris, 26 vendémiaire, 26 floréal an VI.

Comète (Rue de la)

* Arrêt du Conseil d'État autorisant l'ouverture de la rue de le Comète, 18 septembre 1769.
Lettres patentes autorisant l'ouverture de la rue de la Comète, 25 avril 1770.
Plan de la rue de la Comète, 4 octobre 1775

Commerce.

Brochures, pièces parmi lesquelles :

« Moyens d'améliorer le commerce et d'augmenter la valeur des propriétés de plusieurs faubourgs et quartiers de Paris... dédié au roi Charles X... par une Société d'artistes. Imprimerie, librairie Hautecœur Martinet, successeur, 1825 », in-8°, 20 + 8 + 28 + 50 + 8 + 8 pages, 9 planches.

CARTON 12

COMPOINT (Rue Angélique). — CYGNE (Rue du).

Concorde (Place de la).

* Lettres patentes autorisant les Prévôt des marchands et échevins à élever une statue au roi Louis XV sur l'esplanade située au bout du fossé qui termine le jardin du palais des Tuileries, emplacement cédé à la Ville de Paris, 21 juin 1757, enregistrées au Parlement, le 6 juillet 1757.

Arrêt du Conseil d'État donnant les alignements des bâtiments et des rues qui borderont la place où s'élèvera la statue du roi, 14 novembre 1757.

Arrêt du Conseil d'État qui change la dénomination des trois rues aboutissant à la place du roi et leur donne les noms de Royale, des Champs-Élysées et Saint-Florentin, 11 mars 1768.

* Arrêt du Conseil d'État qui permet à la Ville de vendre les terrains derrière les colonnades du côté des Champs-Élysées, 14 mars 1775.

Arrêté du Directoire : construction d'un monument définitif à la Liberté, place de la Concorde, 27 ventôse an VII.

Loi du 30 pluviôse an XII : concession des terrains qui resteront disponibles après le percement de la rue parallèle à la rue Saint-Florentin.

Lettre de Bonaparte, premier consul : projet de statue de Charlemagne sur la place de la Concorde, 9 floréal an XI.

Lettres de Napoléon Ier : nom de la place de la Concorde ; statues de généraux à mettre sur la place ; 11 janvier 1807, 13 février 1810.

Ordonnances royales : rétablissement de la statue de Louis XV sur la place de la Concorde ; monument à la mémoire de Louis XVI sur la même place ; concession à titre de propriété à la Ville de Paris de la place Louis XVI et de la promenade des Champs-Élysées, 14 février 1816. 27 avril 1826, 20 août 1828.

« Description des obélisques de Louqsor, figurés sur les places de la Concorde et des Invalides et précis des opérations relatives au transport d'un de ces monuments dans la capitale ; lu à la séance publique de l'Institut, du 3 août 1832, par M. Alexandre Delaborde, et augmenté de nouveaux renseignemens. Paris, chez Bohaire, boulevart des Italiens, 1833 ». 13 pages, in-12.

Notes manuscrites et imprimées.

CONCORDE (Pont de la).

* Lettres patentes portant autorisation à la Ville de Paris, d'élever un pont sur la rivière de Seine, aux environs de la rue de Bourgogne, 3 juillet 1725.

Décret impérial : statues de huit généraux, morts à l'ennemi, posées sur le pont de la Concorde, 10 février 1810.

Notes manuscrites ; extraits de journaux.

CONTI (Quai de).

* Délibération du Bureau de la Ville : démolition du Château-Gaillard, pour l'établissement du quai Conti, 5 novembre 1655.

* Délibération du Bureau de la Ville : continuation du quai Conti, 10 juillet 1662.

* Délibération de l'Administration centrale du département de la Seine : le nom de quai de la Monnaie donné au quai Conti, 14 fructidor an VI.

Notes manuscrites et imprimées.

CONTRESCARPE (Boulevard de la).

Lettre du ministre de la guerre au prévôt des marchands : la Ville est autorisée à prolonger l'alignement de la rue Amelot jusqu'à la chaussée de Bercy, 4 juin 1781.

Délibération du Bureau de la Ville : requête au roi pour qu'il permette le prolongement de la rue Amelot, 12 juin 1781.

COURBATON (Impasse).

Arrêt du Conseil d'État réunissant au domaine royal la partie du cul-de-sac de Courbaton non enclavée dans l'hôtel de Sourdis, 3 juillet 1781.

COURTY (Rue).

Lettres patentes autorisant l'ouverture de la rue Courty,
29 septembre 1780.
Notes manuscrites.

CRIERIES DE PARIS (Les).

Poème du xiiie siècle, de Guillaume de la Villeneuve, republié
et annoté par Louis Lazare. Imp.

CROULEBARBE (Rue).

Notes imprimées et manuscrites sur le moulin de Croulebarbe.

CUJAS (Rue).

2 Plans des terrains des ci-devant Jacobins de la rue Saint-
Jacques, 1er fructidor an VI.
Délibération du Conseil des bâtiments civils : formation d'un
passage sur les terrains des Jacobins, 24 thermidor an VII.
Notes manuscrites, extraits de journaux.

CARTON 13

DAGORNO (Passage). — DELORME (Passage).

DAMIETTE (Rue de).

Délibérations du Conseil des bâtiments civils donnant les
alignements des rues du Caire et de Damiette, 25 vendémiaire
et 3 prairial an VIII.
Notes manuscrites.

Daumesnil (Villa).

« Société coopérative immobilière des ouvriers de Paris. Rapport du Conseil d'administration, 14 mars 1869. Paris, impr. Appert. » 15 p. in-12.

Idem, 1878, imprimerie Nouvelle, 13 p. in-12.

Dauphine (Place).

Lettres patentes concernant la place dans l'île du Palais au président de Harlay, 28 mars 1607.

Notes manuscrites, 1607-1878.

Dauphine (Rue).

Arrêt du Conseil d'État ordonnant la démolition de la porte Dauphine, 24 septembre 1673.

Délibérations du Conseil général de la Commune : substitution du nom de rue de Thionville à celui de rue Dauphine, 27 octobre, 7 novembre 1792.

Déchargeurs (Rue des).

Notes manuscrites et imprimées sur la maison de la communauté des Drapiers.

Delamichodière (Rue).

Lettres patentes autorisant Christian des Deux-Ponts, comte de Forback et consorts à ouvrir une rue sur l'emplacement des bâtiments et jardins de l'hôtel des Deux-Ponts, 8 avril 1778, enregistrées au Parlement le 27 juin de la même année.

Plan de la rue Delamichodière, 3 juillet 1778.

Notes manuscrites.

CARTON 14

DELORME (Rue Philibert). — DIJON (Rue Joseph-).

Demours (Rue).

Plan lithographié des terrains de la rue Demours, vers 1827.
Notes manuscrites, relatives surtout à la maison du compositeur Hérold.

Denis (Rue Saint-).

Édit portant confirmation de l'établissement des religieuses hospitalières de Sainte-Catherine, à Paris, mars 1688.
Avis du Bureau de la Ville favorable à l'établissement des religieuses de Sainte-Catherine, 20 juillet 1688.
Édit ordonnant la reconstruction de l'église Saint-Sauveur, conformément aux plans du sieur Poyet, architecte, octobre 1784.
Plan de la rue Saint-Denis, fin du xviiie siècle.
Mémoires imprimés, notes imprimées et manuscrites relatives à l'église Saint-Sauveur, à la Croix-Gastine, etc.

Denis-du-Saint-Sacrement (Église Saint-).

Édit confirmant l'établissement, à Paris, des religieuses bénédictines du Saint Sacrement, juin 1680.

Descartes (Rue).

Compte rendu du transport du corps de Descartes au musée des Petits-Augustins.
Notes manuscrites et imprimées.

CARTON 15

DIT DES RUES DE PARIS. — DUVIVIER (Rue).

DIT DES RUES DE PARIS (Le).

Poème du xive siècle, de Guillot de Paris, republié et annoté par Louis Lazare, 43 pages in-8° imprimé.

DOUANE (Rue de la).

Avis du Bureau de la Ville, favorable au projet d'ouverture de trois rues dans les marais situés entre le faubourg Saint-Martin et le faubourg du Temple, 10 octobre 1782.

Lettres patentes permettant l'ouverture de ces trois rues, 25 octobre 1782.

Notes manuscrites, 1782-1879.

DUBOIS (Rue Antoine-).

Arrêt du Conseil d'État autorisant le percement d'une rue et la démolition des restes de la porte Saint-Germain, 19 août 1672.

* Arrêté de la Commune de Paris : la rue des Cordeliers nommée rue Marat ; la rue de l'Observance nommée place de l'Ami-du-Peuple, 25 juillet 1793.

Notes manuscrites.

DUPHOT (Rue).

Rapport fait au Conseil des bâtiments civils par le citoyen Mouchelet, inspecteur général, sur les projets de percement du citoyen Devinck, à travers les terrains du ci-devant domaine de la Conception, 3 prairial an VIII.

Procès-verbal d'alignement des rues à ouvrir sur le terrain du ci-devant couvent de la Conception, 11 frimaire an XI.

Notes manuscrites ; extraits de journaux.

Duroc (Rue).

Lettre autographe de Duroc au maréchal Berthier, contre-signée par Napoléon Ier, 13 août 1808.

Notes manuscrites.

Du Sommerard (Rue).

Arrêt du Conseil d'État rectifiant les alignements de la rue des Mathurins, 3 décembre 1672.

Arrêt du Conseil d'État ordonnant la continuation du plan indiqué dans l'arrêt du 3 décembre 1672, 29 janvier 1676.

Notes manuscrites : ventes des biens nationaux situés dans cette rue : couvent des Mathurins, 7 ventôse an VII; hôtel de Cluny, 23 pluviôse an VIII, etc.

Dessoubs (Rue).

Inscription de la maison mortuaire de Goldoni.

CARTON 16

EAUX DE PARIS. — ENFANTS ASSISTÉS.

Échiquier (Rue de l').

Arrêt du Conseil d'État autorisant les religieuses des Filles-Dieu à ouvrir deux rues sur leurs terrains du faubourg Saint-Denis, 15 août 1772.

Arrêt de la Cour du Parlement, ouvrant une enquête préalable à l'enregistrement des lettres patentes du 14 octobre 1772, 9 février 1773.

Lettres patentes confirmant l'arrêt précédent, 14 octobre 1772, enregistrées au Parlement le 22 juillet 1773.

Avis du bureau de la Ville favorable à l'enregistrement des lettres patentes précitées, 20 avril 1773.

Lettres patentes autorisant la formation d'une rue en prolongation de la rue Bergère, 8 août 1783.

Arrêté du Bureau de la Féodalité, relatif à la formation des rues sur le terrain des Filles-Dieu, 19 septembre 1791.

Écus (Rue des Deux-).

Lettre de Catherine de Médicis demandant l'autorisation au Prévôt des marchands de fermer la rue près de sa petite maison, 6 septembre 1577.
Notes manuscrites.

Élysée (Palais de).

Arrêt du Conseil d'État autorisant l'acquisition de l'ancien hôtel d'Évreux pour servir de logement aux princes étrangers qui viendront à Paris, 3 novembres 1786.
Lettre sur les transformations de l'Élysée, de M. Lacroix, architecte du Palais, 20 décembre 1834.
Notes manuscrites et imprimées.

Enfants assistés (Hôpital des).

Édit portant établissement de l'Hôpital des enfants trouvés et son union à l'Hôpital général, juin 1670.
Décret de la Convention nationale : les enfants trouvés prendront le nom d'enfants naturels de la patrie, 4 juillet 1793.
Lois des 27 frimaire et 30 ventôse an V, organisant le service des enfants abandonnés.
Notes et mémoires manuscrits sur le service des enfants assistés.

CARTON 17

ENFANT-JÉSUS (Impasse de l'). — EYLAU (Place d').

Enfants-Malades (Hospice des).

Avis du Bureau de la Ville favorable à l'établissement de la maison de l'Enfant-Jésus, 19 mai 1572.
Notes manuscrites.

ENFANTS-ROUGES (Marché des).

Ordonnance du Bureau des Finances confirmant le sieur Geoffroy d'Assy dans la possession du marché du Marais, 10 mars 1778.

ÉPÉE (Rue de l'Abbé-de-l').

Mémoires manuscrits et imprimés relatif à l'abbé de l'Épée.

ÉTOILE (Place de l')

Mémoire manuscrit sur l'histoire de la place de l'Étoile, 1729-1868.

EUGÈNE (Église Saint-).

Monographie de l'église Saint-Eugène, extraite des « Chroniques des églises de France sous l'empereur Napoléon III par Charles Catelin. Paris, librairie Picard, rue Hautefeuille, 1858 », pages 225-246, in-8°.

EUSTACHE (Église Saint-).

Extraits manuscrits des historiens de Paris, relatifs à Saint-Eustache.
Notes et mémoires manuscrits et imprimés.

CARTON 18

FABERT (Rue). — FINANCES DE LA VILLE.

FÉLIBIEN (Rue).

Correspondance entre le Ministre de l'Intérieur et le Préfet de la Seine, relative aux noms de bénédictins donnés aux rues avoisinant le marché Saint-Germain, 1817.

FER-A-MOULIN (Rue du).

Plan de la rue des Morts, 1713.

Lettres patentes autorisant l'établissement d'une rue au lieu et place de la ruelle de la Muette, 14 mars 1783.

FIACRE (Rue Saint-).

Permission accordée par le Bureau des Finances aux habitants de la rue Saint-Fiacre de faire fermer leur rue par deux portes, 3 septembre 1699.

Arrêt du Conseil d'État ordonnant la fermeture de la ruelle Saint-Fiacre, par des grilles, 24 août 1715.

Délibération du Bureau de la Ville : fermeture de la ruelle Saint-Fiacre, par deux portes, 7 juin 1749.

Notes manuscrites.

FINANCES DE LA VILLE.

Mémoires manuscrits et imprimés sur la question, an X-1879.

CARTON 19

FINET (Impasse). — FURSTEMBERG (Rue de).

FLEURS (Marché aux).

Decrets impériaux établissant le marché aux fleurs du quai Desaix, 21 janvier, 10 février 1808.

Notes manuscrites et imprimées.

FLEURS (Quai aux).

Arrêté du Directoire : établissement d'un quai entre le pont de la Raison et l'emplacement de l'ancien Pont-Rouge, 13 thermidor an VII.

Arrêté du premier consul ordonnant l'ouverture d'un quai

entre le pont Notre-Dame et celui de la Cité, 29 vendémiaire, an XII.

Notes manuscrites et imprimées, 1769-1877.

Fleurus (Rue de).

Lettre de l'Administration municipale du XIe arrondissement à l'Administration Centrale du département de la Seine : on propose de donner au cul-de-sac de Notre-Dame-des-Champs le nom du patriote Lostalot, 8 ventôse an VI.

Délibération de l'Administration Centrale du département de la Seine : l'ancien cul-de-sac Notre-Dame-des-Champs nommé rue de Fleurus, 12 floréal an VI.

Fontaines publiques.

Arrêt du Conseil d'État établissant de nouvelles fontaines publiques à Paris et ordonnant la reconstruction des anciennes, 22 avril 1671.

Arrêt du Conseil d'État ordonnant l'établissement d'un abreuvoir quai des Ormes, 15 juillet 1673.

Fourcy (Rue de).

* Arrêt du Conseil d'État ordonnant l'élargissement de la rue des Nonnains-d'Hyères et l'ouverture du cul-de-sac qui la prolongeait, 16 décembre 1684.

Foy (Rue du Général-).

Délibération du Conseil municipal de Paris fixant les conditions d'ouverture de la rue de Malesherbes, depuis rue du Général-Foy, 23 mai 1845.

Francs-Bourgeois (Rue des).

Arrêt du Conseil d'État ordonnant la suppression d'une fontaine adossée contre le mur de l'hôtel de Soubise, et l'élargissement de la rue de Paradis, 21 avril 1705.

CARTON 20

GABON (Rue du). — GERMAIN-DES-PRÉS (Église Saint-).

Gabriel (Avenue).

Arrêt du Conseil d'État ordonnant que les clôtures des jardins situés sur les Champs-Élysées suivent les alignements, parallèlement aux arbres plantés dans les Champs-Élysées, 3 février 1719.

Galande (Rue).

Arrêt du Conseil d'État ordonnant l'élargissement de la rue Galande, 6 juin 1672.

Enregistrement de l'arrêt du 6 juin au Bureau de la Ville, 6 juin 1672.

Notes manuscrites.

Gambey (Rue).

Délibération du Conseil municipal : conditions de classement au nombre des voies publiques de la rue dite Neuve-d'Orléans, 4 juin 1847.

Geneviève Bibliothèque Sainte-)

Mémoire manuscrit de Labrouste, architecte de la Bibliothèque Sainte-Geneviève, 15 janvier 1855.

Notes manuscrites et imprimées.

Germain (Marché Saint-).

Édit permettant au cardinal de Bissy, abbé de Saint-Germain-des-Prés, d'établir un marché dans la place du Préau de la Foire-Saint-Germain, décembre 1721.

Ordonnance de police concernant les spectacles des foires Saint-Germain et Saint-Laurent, 26 janvier 1777.
Notes manuscrites.

GERMAIN-DES-PRÉS (Église Saint-).

Plan du monastère de Saint-Germain-des Prés, xviiie siècle.

CARTON 21

GYMNASE DRAMATIQUE (Théâtre du). — SAINT-GERMAIN-DES-PRÉS (Square Saint-).

GERMAIN-L'AUXERROIS (Église Saint-).

Relation de la cérémonie de la Cène à l'église Saint-Germain-l'Auxerrois en 1776, manuscrit extrait des registres du Conseil d'État de 1676, pages 269 à 271.
Monographie de Saint-Germain-l'Auxerrois. Extrait de « Les Églises de Paris... Curmer, 184... », 18, p. in-8°, une planche.
Notes manuscrites et imprimées.

GERSON (Rue).

Édit autorisant les prieurs, docteurs et bacheliers en Sorbonne, à fermer la rue des Poirées, juillet 1646.
Notes manuscrites et imprimées.

GERVAIS (Église Saint-).

Arrêté du Conseil général de la commune : abatage de l'orme Saint-Gervais, 1er ventôse, an III.
Notes manuscrites et imprimées.

Gesvres (Quai de).

* Édit portant concession au marquis de Gesvres du terrain situé entre les ponts Notre-Dame et aux Changeurs, pour y construire un quai et quatre rues, février 1642, enregistrées au Parlement le 28 mars 1643.

Avis du Bureau de la Ville favorable à l'enregistrement de l'édit de février 1642, 11 juillet 1644,

Arrêt du Conseil d'État ordonnant la démolition de deux maisons bâties sur le pont Notre-Dame, démolition nécessaire pour l'ouverture d'un quai, de la Grève au pont Notre-Dame, 17 mars 1673.

* Arrêt du Conseil d'État ordonnant la démolition des maisons de la rue de la Tannerie, pour la formation du quai, 15 juillet 1673.

Notes manuscrites et imprimées ; extraits de journaux ; 1769-1881.

Gobelins (Manufacture des)

Mémoires et notes imprimées et manuscrits sur les Gobelins, gravures, etc., 1852-1879.

Grammont (Rue de).

Lettres patentes autorisant la duchesse de Grammont et le duc de Noailles à former une rue sur les terrains de l'hôtel de Grammont, 19 février 1726.

Arrêt du Conseil d'État autorisant l'abbé Clément propriétaire de l'hôtel de Grammont situé à Paris, rue Neuve-Saint-Augustin à percer sur les terrains de cet hôtel les rues de Grammont et de Ménars, 26 février 1765.

Lettres patentes, sur arrêt du Conseil d'État, portant règlement pour les rues qui seront percées sur le terrain de l'hôtel de Grammont à Paris, 1er juillet 1765.

Arrêt du Parlement enregistrant les lettres patentes du 1er juillet, 19 juillet 1765.

Lettres de relief d'adresse sur lettres patentes en faveur du sieur abbé Clément, propriétaire de l'hôtel de Grammont, 7 août 1765.

Arrêt du Parlement qui remet les Prévôt des marchands et échevins de la ville de Paris en droit de donner les alignements de la nouvelle rue de Grammont, conjointement avec M. Mignot de Montigny, commissaire du Conseil, 6 septembre 1765.

Plan des rues de Grammont et de Ménars, 1765.

Notes manuscrites.

Grange-aux Belles (Rue de la).

Avis du Bureau de la Ville favorable à la continuation à l'alignement et à l'élargissement de la rue Grange-aux-Belles, 31 mai 1782.

Lettres patentes ordonnant l'ouverture d'une rue au lieu du chemin dit la Grange-aux-Belles, 21 juin 1782.

Avis du Bureau de la Ville : alignement de la rue Grange-aux-Belles, 2 août 1782.

Lettre du Ministre de l'Intérieur au Préfet de la Seine : autorisation de donner à la rue de l'Hôpital-Saint-Louis, le nom de rue Grange-aux-Belles, 14 mars 1836.

Notes manuscrites et imprimées.

Grange-Batelière (Rue de la).

* Arrêt du Conseil d'État ordonnant la formation de la rue de la Grange-Batelière, 18 octobre 1704.

Plan du jardin de la Grange-Batelière et des rues qui y étaient projetées, vendémiaire an II.

Notes manuscrites.

Grenelle (Rue de).

Lettres patentes conformant l'établissement à Paris des religieuses de St-Claire du faubourg St-Germain, 22 août 1693.

Avis du Bureau de la Ville favorable à l'établissement des filles pénitentes de la communauté de Sainte-Valère dans la rue de Grenelle, 26 août 1718.

Pose da la première pierre de l'église de Penthémont rue

de Grenelle Saint-Germain, procès-verbal extrait des registres du Bureau de la Ville, 2 juillet 1753.

Notes manuscrites.

GUÉMÉNÉE (Impasse).

Édit conformant l'établissement des filles de la congrégation de la Croix, en l'hôtel des Tournelles, rue Saint-Antoine, près Saint-Paul, juin 1675.

GUICHARD (Rue).

Notes manuscrites sur l'hôtel d'Estaing et les résidences de Franklin, à Passy.

GYMNASE-DRAMATIQUE (Théâtre du).

Extraits d'historiens, calques de plans relatifs au boulevard Bonne-Nouvelle, 1724-1811.

CARTON 22

HACHETTE (Rue Jeanne-). — HENRI (Cité).

HALLES (Les).

Avis du Bureau de la Ville favorable sous trois conditions au projet présenté par une Compagnie, d'établir des halles sur le terrain de l'ancienne Halle au blé, 22 avril 1782.

Arrêt du Conseil d'État ordonnant l'expropriation de la Halle à la marée, de la saline, du fief d'Alby et de cinq maisons pour l'agrandissement des Halles, 3 octobre 1784.

Arrêt du Conseil d'État expropriant 26 maisons pour la formation de deux rues nouvelles aux abords des Halles, 16 septembre 1785.

Arrêt du Conseil d'État autorisant la vente de trois portions de terrain non employées dans l'agrandissement des Halles, 23 juin 1788.

Ordonnances de police relatives aux Halles, an VIII-1811.

Notes et mémoires imprimés et manuscrits, plan, 1848-1881.

Hanovre (Rue de).

Rapport à la Commission des travaux publics, favorable au projet de percement de deux rues sur les terrains de l'hôtel de Richelieu, présenté par le citoyen Chéradame, 12 vendémiaire an III.

Rapports de l'inspecteur de la voirie et du commissaire des travaux publics demandant la fermeture provisoire de la rue ouverte par le citoyen Chéradame, 3 et 26 frimaire an III.

Notes manuscrites.

Hautefeuille (Rue).

Arrêt du Conseil d'État ordonnant l'élargissement de la rue Hautefeuille, 1er juillet 1679.

Notes manuscrites et imprimées, 1792-1876.

Haxo (Rue).

Documents manuscrits et imprimés, plans et photographies provenant de « l'Œuvre expiatoire des otages ».

Helder (Rue du).

Délibération du Bureau Municipal : percement du cul-de-sac Taitbout ; communication du pont de la Révolution jusqu'aux boulevards, 4 mars 1793.

Arrêté de l'Administration Centrale : l'ancien cul-de-sac Taitbout nommé rue du Helder, 12 brumaire an VIII.

Notes manuscrites 1775-1869.

CARTON 23

HENRI-IV (Boulevard). — HUYGENS (Rue).

Henri iv (Lycée).

Arrêt du Conseil d'État confirmant le droit de *Committimus* à l'abbé et au couvent de Sainte-Geneviève-du-Mont, 16 juillet 1671.

Notes manuscrites et imprimées.

Henrion de Pansey (Rue).

Notes manuscrites, extraits d'états religieux et civil relatifs aux familles De Prez, Pernety et Henrion de Pansey, 1777-1817.

Honoré (Marché Saint-).

Décret de la Convention affectant la salle des Jacobins aux écoles normales des instituteurs, 5 pluviôse an III.

Décret de la Convention affectant l'emplacement des ci-devant Jacobins rue Honoré à l'établissement d'un marché public, 1er prairial an III.

Délibération de l'Administration Centrale du département acceptant pour la construction d'un marché, sur l'emplacement des ci-devant Jacobins, les plans du citoyen Moitte, 18 floréal an VI.

Lettres du Préfet de la Seine au Ministre de l'Intérieur et réponse du Ministre : acceptation définitive du projet du citoyen Louis, 13 floréal, 8 prairial an VIII.

« Plan de l'établissement du marché Thermidor... Delettre, sculpsit », entre les ans III et VI.

Notes et mémoires manuscrits et autographiés : 1792-1868.

Honoré (Place du Marché-Saint-)

Délibération du Conseil des Bâtiments civils, fixant les limites de la place du marché des Jacobins et des rues environnantes, 29 décembre 1806.

Honoré (Rue du Faubourg-Saint-)

Déclaration royale permettant aux propriétaires des terrains situés le long de la grande rue du faubourg Saint-Honoré et de celle du faubourg du Roule de construire tels édifices que bon leur semblera, 10 février 1765.

Honoré (Rue Saint-)

Arrêt du Conseil d'État ordonnant la démolition des maisons sises aux angles des rues de la Tonnellerye et du Mouton pour l'élargissement de la rue Saint-Honoré, 24 mars 1679.

Lettres-patentes portant suppression de la porte Saint Honoré, 22 avril 1732.

Lettres-patentes ordonnant la création d'une place circulaire à la rencontre de la rue et du faubourg Saint-Honoré, 29 août 1733.

Notes manuscrites sur la rue Saint-Honoré, extraits de journaux, 1730-1877.

Plan, vue, notes manuscrites et imprimées relatifs à la maison natale de Molière ou pavillon des Cinges.

Hôpital (Place de l')

Arrêt du Bureau des finances donnant les alignements du nouveau mur de clôture de l'Hôpital général et ordonnant la formation d'une place semi-circulaire pour servir d'entrée à l'Hôpital, 10 septembre 1767.

Horloge (Quai de l').

Arrêt du Conseil d'État ordonnant l'élargissement du quai de l'Horloge, 26 mars 1737.

Notes manuscrites et imprimées.

Hotel-de-Ville.

Ordonnance du Bureau de la Ville portant élargissement de la rue du Martroy et agrandissement de l'Hôtel-de-Ville, 23 octobre 1662.

Procès-verbal de l'élection de Pelletier, prévôt des marchands, et de Belin et Picques, échevins, 16 août 1668.

« Mémoire de ce qui s'est passé dans la prestation de serment du prévôt des marchands et échevins de la Ville de Paris, faite entre les mains du roi, le 18 août 1674. »

Lettres-patentes portant union de l'Hôpital du Saint-Esprit à l'Hôpital général de Paris, 13 mars 1680.

Arrêt du Conseil d'État ordonnant la construction d'une façade nouvelle à l'Hôtel-de-Ville, 11 janvier 1770.

Délibération de l'Administration centrale du département : fermeture de la porte de l'arcade Saint-Jean, 9 germinal an IV

Lettres et allocution de Napoléon Ier, 19 vendémiaire an IX, 7 brumaire an IX, 25 octobre 1810.

Rapport au Conseil municipal sur les agrandissements de l'Hôtel de Ville, 25 mars 1836.

Second rapport : approbation du projet définitif, 9 juin 1837.

Rapport au Préfet de la Seine sur l'agrandissement de l'Hôtel de Ville, 9 août 1842.

Notes manuscrites et imprimées, extraits de journaux.

Hotel-de-Ville (Place de l').

Arrêté préfectoral : la place de Grève prendra le nom de place de l'Hôtel-de-Ville, 28 ventôse an XI.

Notes manuscrites et imprimées : extraits de journaux.

Hotel-de-Ville (Rue de l').

Arrêté préfectoral : la rue de la Mortellerie nommée rue Le Mortellier, 12 juillet 1808.

Lettre du Ministre de l'Intérieur au Préfet de la Seine : la rue de la Mortellerie nommée rue de l'Hôtel-de-Ville, 16 février 1835.

CARTON 24

IÉNA (Avenue d'). — JAPON (Rue du)

IÉNA (Pont d').

Décret impérial ordonnant la construction d'un pont sur la Seine vis à vis l'École Militaire, 27 mars 1806.
Correspondance de Napoléon 1er relative au pont d'Iéna.
Notes et mémoires manuscrits.

INDUSTRIE (Palais de l').

« Projet de salles d'exposition pour les produits des arts et de l'industrie, par M. Hector Horeau, architecte. Paris, imp. Didot, 1835-1836 », 2 pages in-8°, une vue, un plan.

INNOCENTS (Square des).

Arrêt du Conseil d'État établissant le marché aux herbes et légumes dans le terrain du cimetière des Innocents, 7 novembre 1785.
Délibération du Bureau municipal : payement aux citoyens Danjou et Lhuillier pour la décoration de la fontaine des Innocents.
Vue de la fontaine des Innocents.
Mémoire et notes manuscrits et imprimés.

INSTITUT DE FRANCE.

Mandement du roi au Bureau de la Ville : achèvement du quai et du bâtiment des Quatre-Nations, 8 août 1662.
Déclaration royale confirmant la fondation du collège Mazarini et le mettant sous la protection du roi, juin 1669.
« Plan général de tous les bastimens faits et à faire pour le colège Mazariny, 22 juin 1665 », copie de 1690.

Arrêtés consulaires, décrets impériaux, an X-1809.
Notes et mémoires manuscrits et imprimés.

INVALIDES (Hôtel des).

Édit de création de l'Hôtel des Invalides, avril 1674, enregistré au Parlement le 5 juin 1674.

Ordonnance royale sur l'administration de l'Hôtel des Invalides, 17 juin 1776.

Arrêtés consulaires, correspondance du premier consul, ans VIII et IX.

« Description de l'Hôtel Royal des Invalides..., ornée de trois gravures. Paris, le Normant Père, 1823 », 96 pages in-12.

Mémoires et notes manuscrits et imprimés, extraits de journaux, 1793-1869.

JACOB (Rue).

Arrêté préfectoral portant réunion des rues du Colombier et Jacob, 26 août 1836.

JACQUES (Place Saint-).

Note sur la maison dite Café de la Vallière, 1768-1845.

JACQUES (Tour Saint-).

Rapport d'Eugène Lamy, au Conseil municipal de Paris, relatif à la restauration de la tour Saint-Jacques-la-Boucherie, 1855 ?

Monographie, notes manuscrites et imprimées.

JACQUES (Rue du Faubourg Saint-).

Ordonnance du Bureau de la Ville : débouchage de la rue allant du Faubourg Saint-Jacques au Château-d'Eau, 12 septembre 1656.

JACQUES (Rue Saint-).

Ordonnance du Bureau de la Ville : élargissement de la rue, alignement de la maison du Lion ferré, 9 août 1640.

Ordonnance du Bureau de la Ville : élargissement de la rue

Saint-Jacques, alignement de la chapelle Saint-Yves, 11 juillet 1644.

Plan de la rue et du faubourg Saint-Jacques, xviiie siècle.

Arrêté du premier consul : réunion des collèges irlandais, écossais et anglais, 3 messidor an XI.

Nots manuscrites et imprimées.

CARTON 25

JAPY (Rue). — KUSTZNER (Passage).

JARENTE (Rue de).

Lettres patentes approuvant pour la construction du marché sur le terrain de la Couture Sainte-Catherine, la substitution des plans du sieur Brébion à ceux du sieur Soufflot, 6 janvier 1781, enregistrées au Parlement le 13 mars 1781.

JAVEL (Quai de).

Analyse des documents relatifs à la manufacture de Javel, 1776-1846.

« Javel. Paris, Impr. de Béthune et Plon », sans date, 8 pages in-8°, une planche.

Notes manuscrites et imprimées, extraits de journaux.

JEAN-DE-BEAUVAIS (Rue).

Décret impérial transférant les ateliers d'habillement de l'armée à l'ancien collège de Lisieux, 26 août 1807.

Notes manuscrites sur le collège de Dormans-Beauvais.

JOUBERT (Rue).

* Lettres patentes, sur arrêt du Conseil d'État, autorisant l'ouverture des rues Sainte-Croix et Neuve-des-Capucins, 9 juin 1780.

Notes imprimées et manuscrites.

JUSTICE (Palais de).

Arrêt du Conseil d'État ordonnant la création d'une nouvelle entrée du Palais de Justice, à l'aide de terrain pris sur le jardin du Bailliage, 19 février 1671.

Arrêt du Conseil d'État ordonnant la formation de la place du Palais-de-Justice, 20 février 1780.

« Notice historique sur le cadran de la Tour de l'Horloge du Palais-de-Justice de Paris ». Un placard in-folio, une planche s. d., 1852?

Notes et mémoires, manuscrits et imprimés, 1618-1870.

CARTON 26

LA BAROUILLÈRE (Rue de). — LA TOUR-D'AUVERGNE (Rue de).

LABAT (Rue)

Notes manuscrites sur la famille Labat, sur les rues ouvertes par la famille Labat.

LA BAUME (Rue de).

Notes sur la rue de la Baume et l'ancienne pépinière du roi.

Notes manuscrites.

LA CHAISE (Cimetière du Père-).

Arrêté concernant les inhumations, 21 ventôse an IX.

Note sur les superficies des cimetières de la Ville de Paris, 5 juillet 1859.

Note sur l'ancien domaine de Montlouis et le cimetière du Père-Lachaise, 28 avril 1870.

Laffitte (Rue)

* Lettres patentes permettant au sieur de Laborde d'ouvrir deux rues dites d'Artois et de Provence, 15 décembre 1770, enregistrées au Parlement le 6 septembre 1771.

Notes manuscrites 1771-1870.

Extraits de journaux.

Lancry (Rue de).

* Lettres patentes : permission aux sieurs Lancry et Lollot de faire ouverture d'une rue sur un terrain leur appartenant rue de Bondy, 22 novembre 1776, enregistrées au Parlement le 12 mars 1777.

Plan de la rue de Lancry, 1776.

Lannoy (Cour).

Note sur la cour Lannoy, 1690-1878.

La Rochefoucauld (Rue de).

Fac-similé de la signature du duc de la Rochefoucauld, 17 avril 1781.

« Alignement de la rue de la Rochefoucauld. Au roi en son Conseil d'État, mémoire en réplique pour M. le comte Fortia d'Orban. Paris, imp. Vve Porthmann, 1822, » 14 p. in-8°, permissions du voyer de Montmartre en 1728.

Notes manuscrites.

Larribe (Rue).

Notes biographiques sur M. Larribe, conservateur des monuments et objets d'art de la Ville de Paris, 1791-1870.

CARTON 27

LA TOUR-MAUBOURG (Boulevard de). — LISTE CIVILE.

Lazare (Cour et passage de la ferme Saint-).

Notes sur les clos Saint-Lazare et Saint-Charles, 1790-1836.

Lazare (Rue Saint-).

Notes manuscrites et imprimées : nom de rue d'Argenteuil donné jadis à la rue Saint-Lazare.

Lelong (Rue Paul-).

Délibération du Conseil municipal de Paris : le prolongement de la rue Saint-Pierre-Montmartre portera le nom de Paul-Lelong, 26 mars 1847.
Notes manuscrites et imprimées.

Lemoine (Rue du Cardinal-).

Arrêt du Conseil d'État approuvant le percement par les prévôt et échevins de Paris, d'une rue vis-à-vis le port des Tournelles, 8 novembre 1687.

Le Peletier (Rue).

Lettres patentes autorisant Joseph de la Borde à ouvrir une nouvelle rue en face du bâtiment du Théâtre-Italien, 8 avril 1786.
Arrêté du Corps municipal autorisant la citoyenne Boulanger, veuve Pinon, et le citoyen Thévenin à ouvrir deux nouvelles rues en prolongement des rues Le Peletier et Chauchat, 29 juillet 1793.
Plan des rues Le Peletier et Chauchat, 1786 ?
Fac-simile de la signature de Le Peletier.

Affiches d'adjudication des terrains de l'ancien Opéra, avec plans, 20 février, 6 novembre 1876, 3 février 1877.

Notes imprimées et manuscrites.

Lesdiguières (Rue de).

Avis du Bureau de la Ville favorable au percement d'une rue sur les terrains de l'hôtel de Lesdiguières, 8 avril 1741.

Notes manuscrites et imprimées, 1737-1879.

Lhomond (Rue).

Avis du Bureau de la Ville favorable à l'établissement d'une communauté d'ecclésiastiques anglais, 31 janvier 1686.

Avis du Bureau de la Ville favorable à l'établissement de la communauté des religieuses de Notre-Dame-de-la-Charité, dite de Refuge, de l'ordre de Saint-Augustin, de la ville de Guingamp, 22 décembre 1761.

Plan de la rue des Postes, an VI ou VII.

Tableaux des ventes de biens nationaux sis rue des Postes.

Notes manuscrites et imprimées.

CARTON 28

LITTRÉ (Rue). — LYONNAIS (Rue des).

Lodi (Rue du Pont-de-).

* Arrêté de l'Administration centrale du département de la Seine donnant ce nom à la rue nouvelle ouverte sur le terrain des Augustins, 26 prairial an VI.

Lombards (Rue des).

Arrêt du Conseil d'État ordonnant l'élargissement de la rue des Lombards, 22 avril 1679.

Note sur la place Gastine,

Notes manuscrites et imprimées.

Louis (Hôpital Saint-).

Mémoires et notes manuscrits et imprimés principalement sur cette question : Quel en a été l'architecte ?

Lille (Rue de).

Lettres patentes, sur arrêt du Conseil d'État, ordonnant la prolongation de la rue de Bourbon, 9 octobre 1719.

Arrêté du Conseil général de la commune : la rue de Bourbon nommée rue de Lille, 27 octobre 1792.

Lettre à l'architecte Poyet : exécution de l'arrêté précédent, 7 novembre 1792.

Résolution du Conseil des Cinq-Cents : la maison Croi d'Havre, rue de Lille, est destinée au logement des ambassadeurs de la République batave, 29 Germinal an IV.

Arrêté du premier consul réorganisant les canonniers sédentaires de Lille, 13 fructidor an XI.

Lettre du Ministre de l'Intérieur au Préfet de la Seine : la rue de Bourbon reprend le nom de rue de Lille, 1er septembre 1830.

Notes manuscrites et imprimées.

Liquides (Entrepôt des)

Ordonnance du Bureau de la Ville établissant, à la requête des sieurs Chamarande et consorts, une halle au vin hors la porte Saint-Bernard, 12 mai 1664.

Mémoires, notices et notes manuscrits et imprimés relatifs à l'entrepôt des liquides et au commerce des vins et alcools à Paris.

Louis (Pont Saint-).

Lettres-patentes autorisant la construction d'un pont de bois entre les îles du Palais et de Notre-Dame, 14 juillet 1717.

Arrêté du Corps municipal : le pont entre les îles de la Cité et de la Fraternité sera en pierre, 6 floréal an II.

Notes manuscrites, 1769-1862.

LOUIS-LE-GRAND (Rue).

* Arrêt du Conseil d'État relatif à l'ouverture de trois rues près les Capucines, 3 juillet 1703.

LOUIS (Église Saint-Paul-Saint-).

Déclaration royale ordonnant la construction d'un marché dans les terrains et bâtiments du chapitre et communauté des chanoines du prieuré de la Couture-Sainte-Catherine, 23 mai 1767.

Déclaration royale ordonnant définitivement l'établissement du marché, 18 octobre 1777.

Table des actes relatifs au marché : 1777-1790.

Notes manuscrites et imprimées, an XII-1854.

LOUVOIS (Rue de).

Lettres-patentes autorisant Louis-Sophie Le Tellier, marquis de Louvois et Jeanne-Victoire de Bombelles, sa femme, à ouvrir une rue sur le terrain de leur hôtel, sis rue de Richelieu, 30 avril 1784.

Plan de la rue de Louvois, 5 octobre 1784.

Notes manuscrites relatives surtout au théâtre de Louvois, 1784-1820.

LOUVOIS (Square de).

Notes imprimées et manuscrites : notice de Castagnary sur Jules Klagmann, auteur de la fontaine du square Louvois.

LOUVRE (Palais du).

Décret de la Convention affectant le palais du Louvre aux Archives, 20 février 1793.

Décret de la Convention affectant la galerie qui joint le Louvre au Palais National au Museum de la République, 27 juillet 1793.

Arrêté du premier consul mettant la monnaie des médailles établie au Louvre sous la surveillance immédiate du directeur général du Musée des Arts, 30 fructidor an XI.

Note de Napoléon Ier au Ministre de l'Intérieur : achèvement du Louvre, destiné à la Bibliothèque impériale, 17 pluviôse an XIII.

Lettre à Lebrun : suppression des logements d'artistes au Louvre, 25 germinal an XIII.

Lettre à Crétet : construction et exposition publique d'un plan en relief du Louvre et des Tuileries, 21 décembre 1808.

Lettre à Gaudin : démolition des maisons situées entre le Louvre et les Tuileries, 21 décembre 1808.

Note pour la réunion du Louvre et des Tuileries, 18 mai 1809.

Lettres à Daru : achèvement du Louvre, 17 janvier, 11 février, 10 avril 1810.

Mémoires et notes manuscrits et imprimés.

Louvre (Place du).

Arrêt du Conseil d'État ordonnant la démolition de maisons et échoppes sis vis-à-vis la colonnade du Louvre et la formation d'une place, 13 novembre 1784.

Louvre (Quai du).

Mandement royal aux prévôt et échevins ordonnant la construction d'un chemin le long de la Tour du Louvre, sise sur la rivière, 15 mars 1528.

Ordonnance royale : terminaison du bâtiment et du quai du Louvre, 18 septembre 1538.

Ordonnance du Bureau de la Ville : élargissement du port Saint-Nicolas, nommé le guichet du Louvre, 8 août 1622.

Notes manuscrites et imprimées.

Lulli (Rue).

Arrêté du Bureau Municipal autorisant le sieur Cottin à ouvrir deux rues sur un terrain lui appartenant, rue de Louvois, 19 avril 1792.

Arrêté du Bureau Municipal classant une de ces rues au nombre des passages, 5 mars 1793.

* Arrêté de l'Administration Centrale du département, recti-

fiant le prolongement de la rue de Chabannais, 29 nivôse
an V (1).

Lutèce (Rue de).

Arrêt du Conseil d'État ordonnant l'élargissement de la rue
de la Vieille-Draperie, proche la porte du Palais, 23 juillet 1673.

Arrêt du Conseil d'État ordonnant la formation d'une place
et d'une rue substituées à la rue de la Vieille-Draperie,
3 juin 1787.

Notes manuscrites et imprimées.

Luxembourg (Jardin et Palais du).

Lettres-patentes portant concession à Monsieur frère du roi,
des terrains et emplacements dépendant du Palais du Luxembourg, 25 avril 1779, enregistré au Parlement, le 23 avril, à
la Chambre des Comptes, le 28 avril 1779.

Mémoires, manuscrits et imprimés, brochures, plans, affiches,
notes relatifs au palais et au jardin du Luxembourg et notamment à la mutilation du jardin sous le second Empire et à la
suppression de la Pépinière, 1793-1880.

CARTON 29

MABILLON (Rue). — MARCHÉ-NEUF (Quai du).

Mac-Mahon (Avenue).

Brochures imprimées et autographiées, plans, mémoires,
pétitions relatifs à l'achèvement et à l'assainissement de l'avenue du prince Jérôme nommée ensuite avenue Mac-Mahon,
1870-1876.

---

(1) Publication incomplète dans Deville et Hochereau d'après le texte donné dans
le dictionnaire des frères Lazare.

Madame (Rue).

Avis du Bureau de la Ville favorable à l'enregistrement des lettres-patentes autorisant les religieuses bernardines du Sang-Prétieux à fonder un couvent au faubourg Saint-Germain, 29 avril 1667.

Mémoire sur la prolongation de la rue Madame, présenté à M. le Préfet de la Seine. 8+15 pages et plan. Paris, imp Bourgogne et Martinet, in-8°, 1844.

Notes manuscrites et imprimées.

Madeleine (Église de la)

Lettres patentes qui autorisent le curé de la Madeleine de la Ville-l'Évêque à acquérir les terrains nécessaires pour la construction de son église, 6 février 1763.

Lettres de Napoléon Ier.

A Champagny : terminaison de la Madeleine, 30 nivôse an XIII ; même sujet, 10 pluviôse an XIII.

Décret du 2 décembre 1806 : érection du temple de la Grande-Armée sur l'emplacement de la Madeleine.

Ouverture et programme du concours pour la construction de cet édifice, note du 19 avril 1807.

Lettre à Champagny : choix de l'architecte, 6 août 1807.

Lettre à Duroc : le quadrige de Berlin sera placé sur le temple de la Victoire à la Madeleine, 13 octobre 1807.

Décision : projet de placer le temple de la Victoire entre Montmartre et Mousseaux.

Ordonnance royale : continuation des travaux de l'église de la Madeleine, 22 avril 1816.

Notice manuscrite anonyme : détails sur le concours de 1807 et sur Vignon, architecte de la Madeleine.

Brochures et monographies relatives à la Madeleine (3) avec 2 vues.

Notes manuscrites et imprimées, 1816-187...

Madeleine (Place de la).

Arrêt du Conseil d'État maintenant le droit de *Committimus* aux religieuses du couvent de la Ville-l'Évêque, 12 décembre 1763.

Magenta (Boulevard).

Notes manuscrites sur les terrains provenant de la paroisse Saint-Laurent et sur les filles de la Charité, an IV à an VIII.
Notes manuscrites et imprimées : plan du boulevard.

Malaquais (Quai).

Arrêt du Conseil d'État ordonnant la construction du mur du quai, 1er juillet 1669.
Notes manuscrites 1845-1880.

Malesherbes (Boulevard)

Rapport du préfet de la Seine sur les dénominations des rues aux abords de la Madeleine, 31 mars 1819.
Mémoires sur les boulevards de Malesherbes et de Monceaux, s. d.
Notes manuscrites et imprimées : extraits de journaux, plan.

Malher (Rue)

Cession de l'Hôtel de Sicile, 26 mai 1390, analysée à l'article « Roi de Sicile » (rue du).
Édit supprimant la prison de Saint-Martin et la réunissant à celle de la Force, avril 1785.

Mandé (Avenue de Saint-).

Notes manuscrites et imprimées sur l'histoire de Saint-Mandé.
Brochures relatives à la construction de la nouvelle église (3), 1879-1880.

Maraichers (Rue des).

Mémoire manuscrit intitulé « Charonne en 1844 ».

MARCEL (Boulevard Saint-).

Notes de M, Ferdinand Delaunay sur le cimetière mérovingien du boulevard Saint-Marcel.
Notes manuscrites et imprimées, plan, 1852-1877.

MARCHÉ-NEUF (Quai du).

Lettres patentes ordonnant la démolition de douze maisons sises au Marché-Neuf et la formation d'un quai, 9 septembre 1734, enregistrées au Parlement le 11 septembre 1734.
Décret impérial ordonnant la démolition des maisons du pont Saint-Michel et du quai du Marché-Neuf, 11 juillet 1807.
Notes manuscrites : 1769-1872.

CARTON 30

MARCHÉS. — MATIGNON (Rue).

MARCHÉS.

Collection de brochures sur les halles et marchés, dont la plus importante est la suivante : « Anger, Baltard, Husson. Rapport sur les marchés publics en Angleterre, en Hollande et en Allemagne. Paris, imprimerie Vinchon, 1846 », 51 pages in-4°, 12 planches.

MARENGO (rue de).

Lettres patentes sur arrêt du bureau des finances, ordonnant la continuation du Louvre et l'alignement de la rue du Coq-Saint-Honoré. 12 mai 1767.
Notes manuscrites et imprimées, 1767-1871.

MARIE (Pont).

Ordonnance du Bureau de la Ville : construction d'un pont vis-à-vis la rue des Nonnains-d'Hyères, 14 août 1614.

Avis du Bureau de la Ville tendant à permettre au sieur Cristophe Marie, la construction d'un pont de bois proche et au-dessous du pont de pierre commencé, 27 juin 1618.

Avis du Bureau de la Ville : alignements pour la construction du pont, 19 août 1629.

Notes manuscrites, 1614-1769.

Marie (Temple Sainte-).

Avis du Bureau de la Ville favorable à l'établissement rue du Petit-Musc des religieuses de la Visitation, 16 mars 1621.

Avis du Bureau de la Ville donnant les alignements pour la construction des nouveaux bâtiments et du portail de l'église des religieuses de la Visitation de Sainte-Marie, 17 mars 1644.

Notes manuscrites, 1634-an XI.

Marigny (Avenue de).

Avis du Bureau de la Ville favorable à l'ouverture et au prolongement d'une rue prise dans la partie basse du jardin de l'Hôtel des Ambassadeurs, 9 mars 1767.

Notes manuscrites et imprimées.

Martel (Rue).

* Arrêt du Conseil d'État autorisant l'ouverture de la rue Martel, 6 septembre 1777.

* Avis du Bureau de la Ville favorable à l'ouverture de la rue, 31 mars 1778.

Plan de la rue Martel, 3 septembre 1778.

Martignac (Rue).

Edit : transfert des Carmélites de la rue du Bouloi dans les maisons de la rue de Grenelle au faubourg Saint-Germain, octobre 1688.

Martin (Canal Saint-).

Mémoires manuscrits, autographiés et imprimés, plans, notes relatifs au canal Saint-Martin, 1821-1868.

MARTIN (Marché Saint-).

Déclaration royale portant établissement d'un marché dans le quartier Saint-Martin, 25 mars 1765.

Avis du Bureau de la Ville favorable à l'établissement de ce marché, 30 avril 1765.

Plan de l'abbaye et du Marché de Saint-Martin-des-Champs, xviii° siècle.

Lettre de Napoléon I°° et décrets impériaux : suppression du marché de la porte Saint-Martin, établissement d'un marché dans le jardin de l'ancienne abbaye Saint-Martin, 10 mars 1810, 30 janvier 1811, 21 mars 1813.

Rapport du Préfet de la Seine au Ministre de l'Intérieur sur les noms de Vaucanson, Montgolfier, Conté, Berthoud et Borda à donner aux rues avoisinant le Conservatoire des Arts-et-Métiers, 4-27 septembre 1817.

Notes manuscrites et imprimées, 1811-1882.

MARTIN (Rue Saint-).

Arrêt du Conseil d'État ordonnant l'élargissement de la rue des Arcis, 31 décembre 1670.

Plan de la rue Saint-Martin, xviii° siècle.

Notes manuscrites et imprimées.

MARTIN (Théâtre de la Porte-Saint-).

« Réclamation des propriétaires et habitants de la rue de Bondi, au sujet du Théâtre de la Porte-Saint-Martin », autographié, 3 pages in-8°, 1830.

Plan des abords du théâtre de la Porte-Saint-Martin.

MASSERAN (Rue).

* Arrêt du Conseil d'État autorisant le sieur Brognard à ouvrir des rues sur des terrains lui appartenant, 30 juin 1790.

MATIGNON (Rue).

Avis du Bureau de la Ville défavorable à l'ouverture d'une

rue, faubourg Saint-Honoré, percement proposé par le sieur
Millet, menuisier à Paris, 30 mars 1781.

* Lettres-patentes autorisant le sieur Millet à ouvrir la rue
de Matignon, 8 septembre 1787 (1).

CARTON 31

MAUBERT (Place). — MIRON (Rue François-).

MAZARINE (Bibliothèque).

Ordonnance royale ordonnant la réunion des bibliothèques
Mazarine et de l'Institut, 16 décembre 1819.

Articles imprimés de Thiébaut de Berneaud et d'Hector de la
Ferrière sur la bibliothèque Mazarine.

MÉDECINE (Ecole de).

Édit confirmant l'établissement d'une maison destinée à la
taille et extraction des pierres de la vessie, instituée par quatre
chirurgiens de Paris dans le faubourg Saint-Antoine, décembre
1651.

Arrêt du Conseil d'État établissant les écoles de chirurgie sur
les terrains de l'ancien collège de Bourgogne, 7 décembre 1768.

Décret de la Convention établissant les écoles de Santé de
Paris, Montpellier et Strasbourg, 12 frimaire an III.

Lettre de Napoléon Ier : terminaison de l'école de médecine
3 avril 1813.

Notes manuscrites et imprimées : 1816-1880.

MÉDECINE (Place de l'École-de-).

* Arrêté du 1er consul ordonnant la construction de la place et
de la fontaine de l'École de médecine, 23 fructidor, an XI.

Notes manuscrites et imprimées.

(1) Publiées d'une façon incomplète dans le recueil de Deville et Hochereau.

Médecine (Rue de l'École-de-).

Rapport des obsèques de Marat, registre 31 de la Commune, 16 juillet 1793.

* Nom de Marat donné à la rue des Cordeliers, registre 19 de la Commune, page 88, 25 juillet 1793.

Lettres du Bureau central du canton de Paris et du ministre l'intérieur: suppression du nom de Marat, 1er floréal an IV, 28 thermidor an V.

Notes manuscrites relatives à Danton, Marat, le club des Cordeliers 1794-1880.

Mégisserie (Quai de la)

Ordonnance du Bureau de la Ville enjoignant aux marchands de fer et de volailles de laisser la circulation libre sur le quai, 21 mars 1667.

Lettre de M. Thiers, ministre des travaux publics, approuvant la dénomination de quai d'Anvers à donner au quai de la Mégisserie, 15 février 1838.

Notes manuscrites et imprimées, 1769-1866.

Ménilmontant (Boulevard de).

Ordonnance du Bureau des Finances : formation d'un chemin de ronde et d'un boulevard pour isoler la nouvelle enceinte de Paris, 6 janvier 1789.

Notes manuscrites.

Merri (Église Saint-).

« Symbolisme du maître-autel de l'église Saint-Merry, par l'abbé Gabriel, curé de Saint-Merry. Paris, typographie Hennuyer et Fils, 1865 », 7 pages in-12.

Notes manuscrites et imprimées.

Merri (Rue Neuve-Saint-).

Arrêt du Conseil d'État ordonnant l'élargissement de la rue Neuve-Saint-Merry, 7 janvier 1677.

Meslay (Rue).

* Arrêt du Conseil d'État prescrivant l'ouverture d'un certain nombre de rues au Marais, parmi lesquelles la rue de Meslay, 22 décembre 1696.

Arrêt du Conseil d'État ordonnant l'exécution des arrêts antérieurs relatifs aux percements à exécuter au Marais, en date des 23 novembre et 21 décembre 1694, 17 avril, 7 août et 22 décembre 1696, 28 mai 1697.

Arrêt du Conseil d'État ordonnant la continuation de la rue de Meslay, malgré la protestation des propriétaires, 18 mars 1727, Imp., 4 pages in-8°.

Plan de la rue de Meslay, 6 mars 1723.

Notes manuscrites et imprimées, acte de baptême de George Sand, 1804-1876.

Messageries (Rue des).

* Arrêté du Corps municipal autorisant les sieurs Goupy, Fessard, Rabrant, Lafosse, etc., à convertir en rue le passage des Messageries, 18 juin 1792.

Michel (Quai Saint-).

Procès-verbal de la pose de la première pierre, 4 août 1561.

Délibération du Bureau de la Ville favorable à la formation d'un quai de 50 pieds de largeur entre le Petit-Pont et le pont Saint-Michel, 23 juillet 1767.

* Lettres-patentes, sur arrêté du Conseil d'État, ordonnant la formation du quai Saint-Michel, 31 juillet 1767.

Midi (Hôpital du).

Avis du Bureau de la Ville, favorable à l'établissement des Capucins au faubourg Saint-Jacques, 12 avril 1688.

Édit transférant les Capucins de la rue Saint-Jacques dans le nouveau couvent de la Chaussée-d'Antin, novembre 1782.

Édit portant établissement d'un nouvel hospice pour les Vénériens, janvier 1785.

Lettres patentes ordonnant l'ouverture de quatre rues sur

l'emplacement de l'ancien couvent des Capucins, situé faubourg Saint-Jacques, 23 octobre 1785.

Mémoire manuscrit sur l'Hôpital du Midi.

Notes manuscrites et imprimées 1862-1880.

MILITAIRE (Hôpital), rue des Récollets.

Édit autorisant l'établissement des Cordeliers réformés au faubourg Saint-Martin, mars 1688.

Avis favorable du Bureau de la Ville, 13 avril 1688.

Arrêté de l'administration centrale du Département donnant à l'hospice du Nom de Jésus le nom d'hospice des Vieillards, 17 ventôse an II.

Notes manuscrites et imprimées.

MINIMES (Rue des).

Arrêté de l'administration centrale du Département autorisant la substitution du nom de rue de la Retraite à celui des Minimes, 14 prairial an VII.

MIROMESNIL (rue de).

Lettres patentes sur arrêt, permettant au sieur Camus de faire ouvrir sur le terrain qui lui appartient, au faubourg Saint-Honoré, une rue qui sera nommée rue de Miromesnil, 18 juillet 1776.

Avis du Bureau de la Ville, favorable à l'ouverture de la rue de Miromesnil, août 1776.

Lettres patentes autorisant les sieurs de Senneville, fermier général, Aubert, garde des diamants de la couronne, et de Lettre, entrepreneur de bâtiments, à ouvrir une rue de trente pieds de large, dite rue Guyot, continuant la rue de Miromesnil, 7 novembre 1778.

Plan de la rue Guyot, 21 juin 1779.

Notes manuscrites, 1777-1880.

MIRON (Rue François-).

Arrêt du Conseil d'État ordonnant l'élargissement de la rue du Monceau-Saint-Gervais, 31 mars 1674.

Lettre du Ministre de l'Intérieur approuvant le changement du nom de la rue du Monceau-Saint-Gervais en celui de François-Miron, 22 décembre 1838.

Notes manuscrites et imprimées relatives à la biographie de François-Miron.

CARTON 32

MISSIONS ÉTRANGÈRES (Église et Séminaire des).
— MONTMARTRE (Théâtre).

MISSIONS ÉTRANGÈRES (Église et Séminaire des).

Décret impérial instituant le séminaire des Missions Étrangères, 7 prairial, an XII.
Décret sur le même objet, 2 germinal, an XIII.
Notes manuscrites, 1663-1870.

MOGADOR (Rue de).

Délibération du Conseil municipal de Paris autorisant l'ouverture de cette rue, 31 octobre 1844.

MOLÉ (Rue Mathieu-).

Édit autorisant le président Lejay à faire abattre deux maisons dans l'enclos du Palais, pour l'établissement d'une nouvelle porte, juin 1630. enregistrée au Parlement, le 5 septembre 1630.

Arrêt du Conseil d'État : formation d'une nouvelle entrée au Palais et de galeries garnies de boutiques, 19 février 1691.

Lettres-patentes : Démolition et réunion à l'hôtel du premier président de Paris, d'une partie de maison attenant audit hôtel, 31 mai 1764.

MONCEAU (Rue de).

Projet d'arrêté de l'administration centrale du département de la Seine, donnant à la rue de Valois le nom de Cisalpine, 12 thermidor, an VI.

MONCEAU (Square de).

« Plan du jardin de Monceau, appartenant à S. A. R. Monseigneur le Duc de Chartres : 1. C. de Carmontel inven. del. Bertaud, sculps », sans lieu ni date, vers 1778 probablement.

Lettre de Napoléon Ier : On fera du parc de Mousseaux un jardin dans le genre chinois, 5 mars 1807.

Ventes de terrains du parc Monceau, par la ville de Paris, à MM. Pereire, 11 janvier 1861, 26-31 juillet 1861, 22 août-15 septembre 1862.

MONGE (Rue).

Notes manuscrites et imprimées, parmi lesquelles un certain nombre de notices parues en 1870, lors de la découverte des Arènes.

MONNAIE (Rue de la).

Arrêt du Conseil d'État ordonnant l'élargissement de la rue de la Monnaie, 31 janvier 1689.

Arrêt du Conseil d'État confirmant le précédent et fixant la largeur de la rue à cinq toises.

Arrêt du Conseil d'État fixant les alignements de la rue de la Monnaie, 24 février 1693.

MONNAIES (Hôtel des).

Lettres patentes ordonnant la construction d'un nouvel hôtel des Monnaies, place Louis XV, 9 janvier 1765, enregistrées au Parlement le 16 janvier 1765.

Lettres patentes ordonnant la construction de l'hôtel de la Monnaie sur l'emplacement du grand et du petit hôtel Conti, 16 avril 1768.

Monsieur (Rue).

* Lettres patentes : ouverture de la rue de Monsieur et redessement de la rue de Babylone, 7 novembre 1778.

* Avis favorable du Bureau de la Ville, 19 février 1779.

Plan des rues de Monsieur et de Babylone, août 1779.

Plan de la rue de Monsieur, 1842.

Notes manuscrites, 1779-1878.

Mont-de-Piété.

Lettres-patentes établissant un Mont-de-Piété à Paris, 9 décembre 1777.

Décret de la Convention autorisant les prêts avec terme d'un mois, 17 thermidor an III.

Arrêté du Directoire rétablissant le Mont-de-Piété sous sa première forme, 3 prairial an V.

Brochures relatives au Mont-de-Piété (7), 1843-1851.

Montesquieu (Rue).

Arrêté du Corps municipal : percement d'une rue entre les rues des Bons-Enfants et Croix-des-Petits-Champs, 13 août 1793.

Montholon (Rue de).

* Lettres-patentes : ouverture des rues Montholon, Papillon et Ribouté, 2 septembre 1780.

Plan de ces rues, 22 juin 1781.

Notes manuscrites et imprimées, 1781-1885.

Montlouis (Rue du).

Voir cimetière du Père-Lachaise.

CARTON 33

MONTMORENCY (Boulevard de). — MYRRHA (Rue)

Montorgueil (Rue)

Arrêt du Conseil d'État : Construction d'une porte au bout
de la rue Montorgueil, au lieu dit les Petits-Carreaux,
12 mars 1645.
Procès-verbal de visite du cul-de-sac du Crucifix, 13 juin 1768.
Notes manuscrites, 1814-1866.

Montparnasse (Rue du).

Édit portant ouverture de la rue du Montparnasse, octo-
bre 1773, enregistré au Parlement, le 5 octobre 1775.
Avis favorable du bureau de la ville, 19 mai 1775.
Plan de la rue, 9 août 1776.
Notes manuscrites, 1776-1885.

Montpensier (Rue).

Rapport à l'administration centrale et projet d'arrêté de cette
administration donnant à la rue Montpensier le nom de rue de
Quiberon, et pétition du général de Pommereul, créateur de la
chalcographie du Louvre, 2 thermidor, an VI.
Notes manuscrites : 1784-1814.

Morland (Boulevard).

Mandement de Louis de Bourbon, archevêque de Sens, or-
donnant la construction d'un rempart au lieu dit la Tour de
Billy, 19 octobre 1552.
Notes manuscrites : 1806-1847.

Moscou (Rue de).

Délibération du Conseil municipal de Paris, fixant les conditions d'ouverture de cette rue, 5 décembre 1845.
Notes manuscrites et imprimées : 1840-1867.

Mouffetard (Caserne).

Décret de la Convention supprimant la maison des Hospitalières de la rue Mouffetard, 28 nivôse, an III.
Notes manuscrites et imprimées, 1652-1868.

Mouffetard (Rue).

Arrêt du Conseil d'État ordonnant l'élargissement du Pont-aux-Tripes et de la rue Mouffetard, 10 juillet 1676.
Notes manuscrites, autographiées et imprimées, 1868-1869.

Musique et Chorégraphie (Académie Nationale de).

Édit portant établissement de l'Académie royale de musique, mars 1672.
Édit confirmant les privilèges des artistes appartenant à l'Académie royale de musique, juillet 1769.
Arrêté du Conseil général de la Commune : arrestation de la demoiselle Montansier, 24 brumaire an II.
Lettre de Napoléon 1er : interdiction des impromptus à l'Opéra, 21 novembre 1806.
Brochures relatives à l'Opéra : projets, descriptions, plans, vues, etc., 1840-1873.
Notes manuscrites et imprimées, 1771-1875.

Musique et de Déclamation (Conservatoire national de).

Décret de la Convention ordonnant la formation de l'Institut National de Musique, 24 brumaire an II.
Décret de la Convention portant établissement du Conservatoire de Musique, 19 thermidor an III.
Notes et mémoires manuscrits et imprimés.

CARTON 34

NABOULET (Impasse). — NYS (Rue).

NATION (Place de la).

Inventaire des titres et plans relatifs à la place du Trône, 1658-1716.

« Observations que font au Département des travaux publics les citoyens Gilet, commissaire de police de la section de la rue de Montreuil ; Almain, commissaire de police de la section de l'Indivisibilité, et Renet de la section des Quinze-Vingts, dans l'arrondissement de laquelle se font, au haut du faubourg Antoine, les exécutions et inhumations des condamnés par le Tribunal révolutionnaire », 21 messidor an II.

Lettre de Napoléon Ier : projet de promenade au faubourg Saint-Antoine, 19 mars 1808.

NÉGRIER (Rue).

Délibération de la Commission municipale de Paris fixant les conditions d'ouverture de cette rue, 9 février 1849.

NONNAINS-D'HYÈRE (Rue des).

Avis du Bureau de la Ville favorable à l'exécution d'une descente depuis la chaussée du pont Marie jusqu'à la rue des Nonnains-d'Hyère, 18 juin 1663.

NORMALE (École).

Décret de la Convention créant l'École Normale, 9 brumaire an III.

Notes manuscrites.

Notre-Dame (Église Métropolitaine de).

Relation de la procession du 15 août 1676.

Décret de la Convention Nationale : Notre-Dame nommée Temple de la Raison, 20 brumaire an II.

Arrêté du Conseil Général de la Commune : les statues des rois de la façade de Notre-Dame seront renversées et démolies, 23 octobre 1793.

Arrêté du Comité de Salut Public : reconnaissance de l'Être suprême, inscrite au fronton du temple de la Raison, 29 floréal an II.

Arrêté de l'Administration centrale, dénominations des églises de Paris, 6 brumaire an VII.

Lettre de Napoléon Ier : cérémonial du Sacre, 15 thermidor an XII.

Monographies imprimées de Notre-Dame (2) avec vues, 1841-1858.

Notes et mémoires manuscrits et imprimés.

Notre-Dame (Parvis).

Arrêté du Conseil général de la Commune : le parvis Notre-Dame appelé Parvis de la Raison, 12 brumaire an II.

Notes manuscrites : 1769-1865.

Notre-Dame-des-Victoires (Rue).

Arrêt du Conseil d'État : acquisition pour le service des messageries des grand et petit hôtel de Boulainvilliers, rue Notre-Dame-des-Victoires, au prix de 600,000 livres, 27 octobre 1784.

Noyers (Rue des),

Arrêt du Conseil d'État : alignement de la rue des Noyers, 7 décembre 1680.

CARTON 35

OBÉLISQUE (Impasse de l'). — OURS (Rue aux).

Oberkampf (Rue).

Ordonnance du Bureau de la Ville : estimation des terrains acquis pour l'élargissement du chemin de Ménilmontant, 30 janvier 1733.

Édit autorisant les prévôt des marchands et échevins de la Ville de Paris à faire combler les fossés du rempart et à en aliéner les terrains, et donnant aux rues créées depuis la porte Saint-Antoine jusqu'au grand égout, les noms d'Amelot, Saint-Sabin, Levé, Saint-Sébastien, *Ménilmontant*, Chapus, etc., mai 1777, enregistrées au Parlement le 31 juillet de la même année.

Notes manuscrites, 1777-1873.

Odéon (Rue et Théâtre de l').

Lettres patentes ordonnant la construction d'une nouvelle salle pour la Comédie-Française sur les terrains de l'hôtel de Condé et le percement de rues et places nouvelles sur les terrains voisins, 30 juillet 1773, enregistrées au Parlement le 19 août 1773.

* Lettres patentes concédant aux prévôt des marchands et échevins de Paris, l'emplacement nécessaire pour construire la nouvelle salle de la Comédie-Française, et former les rues et places qui l'avoisineront, 10 août 1779, enregistrées au Parlement, le 7 septembre 1779.

Arrêté du Comité de Salut Public : le Théâtre-Français sera nommé Théâtre-du-Peuple, 22 ventôse an II.

Lettres de Napoléon Ier : reconstruction de l'Odéon, 24 juin, 15 décembre 1806.

Ordonnance royale : reconstruction de l'Odéon incendié, 1770-1861.

Notes manuscrites : 1770-1861.

Opéra-Comique (Théâtre de l').

Lettres-patentes établissant la troupe des Comédiens Italiens, 31 mars 1780.

Lettres-patentes autorisant la construction d'une nouvelle salle pour le spectacle de la Comédie-Italienne, 14 octobre 1780.

Notes manuscrites et imprimées : 1796-1882.

Oratoire (Prêtres de l').

Déclaration royale confirmant les divers privilèges accordés à la congrégation de l'Oratoire, août 1764.

Notes manuscrites : 1792-1878.

Orsay (Quai d').

* Arrêt du Conseil d'État ordonnant entre autres choses la continuation du quai de la Grenouillère depuis le Pont-Royal jusqu'à la rencontre du rempart, 18 octobre 1704.

* Procès-verbal de la pose de la première pierre du quai d'Orsay, 6 juin 1705.

Arrêt du Conseil d'État ordonnant la construction d'un hôtel des mousquetaires sur le quai d'Orsay, 23 août 1707.

* Arrêt du Conseil d'État créant des servitudes de construction sur le quai d'Orsay, 20 décembre 1717.

Lettres-patentes : concession à la ville de Paris de l'Ile des Cygnes, 21 mars 1722.

A la suite de cet acte, analyse d'un certain nombre de documents relatifs à l'île des Cygnes. A. Permission accordée par la Ville de Paris à Linguet, curé de Saint-Sulpice, de faire paître, dans l'île des Cygnes, les bestiaux de la communauté de l'Enfant-Jésus, 14 mars 1731. — B. Permission au sieur Lussan, directeur de l'Ecole Militaire au faubourg Saint-Honoré, de bâtir un fort dans l'île des Cygnes, pour l'éducation de ses élèves, 7 octobre 1744. — C. Mémoire sur l'île des Cygnes, 1769. — D. Vente par la Ville à l'Hôtel de l'Ecole Militaire, 26 et

30 septembre 1773. — E. Arrêt du Conseil d'État autorisant la concession de deux arpents, dans l'île des Cygnes, aux entrepreneurs de la cuisson des abatis de Paris, 24 février 1773.
— F. Vente au sieur Perrier d'un terrain dans la partie comblée de l'île des Cygnes, pour y établir une nouvelle pompe à feu, 14 juillet 1786.

Lettres-patentes qui autorisent la Ville de Paris à faire combler le canal qui sépare l'île des Cygnes du Gros-Caillou, à Paris, 20 juin 1773.

Arrêté de la Commune de Paris rejetant les réclamations des sieurs Pluvant de Mondragon et Daveynes de Fontaine, et fixant l'alignement des terrains qui bordent la rivière entre les rues de Poitiers et de Bellechasse, 10 février 1792.

Loi exemptant l'île des Cygnes de la vente des biens nationaux, 10 thermidor, an V.

Lettre de Napoléon Ier : Achèvement du quai, 26 mars 1813.
Notes manuscrites et imprimées 1717-1878.

CARTON 36

PAGEVIN (Rue). — PAYENNE (Rue).

Paix (Rue de la).

Délibération du Conseil des Bâtiments civils demandant le percement d'une rue des Tuileries au boulevard des Capucines, an VIII ou IX.
Notes manuscrites et imprimées : 1792-1868.

Palais-Royal (Le).

Lettres patentes autorisant le duc de Chartres à accenser les terrains et bâtiments du Palais-Royal, parallèles aux rues des Bons-Enfants, Neuve-des-Petits-Champs et de Richelieu, 13 août 1784.

Décret de l'Assemblée constituante permettant à Louis-Philippe-Joseph de vendre les terrains mentionnés dans les lettres patentes du 13 août 1784, 14 septembre 1792.

Arrêté du Conseil Général de la Commune : changements de noms de Louis-Philippe-Joseph et du Palais-Royal, 15 septembre 1792.

Arrêté du Directoire exécutif fixant les conditions de l'aliénation de parties du Palais-Royal, 19 ventôse an VII.

Lettre du maréchal Vaillant, ministre de la maison de l'empereur au Préfet de la Seine : la cour des Fontaines revendiquée par la Ville de Paris, fait partie du domaine de la couronne, 16 février 1870.

Vue de la galerie d'Orléans, 1833.

Notes manuscrites et imprimées, 1782-1878.

Palais-Royal (Place du).

Lettres patentes prescrivant, entre autres choses, la démolition de maisons pour la formation de la place du Palais-Royal, 7 août 1769, enregistrées au Parlement le 29 août.

Lettres patentes prescrivant que les maisons de la place du Palais-Royal seront exécutées conformément aux prescriptions de l'arrêté du Conseil d'État du 6 mai, 8 mai 1770.

Délibération du Bureau de la Ville : échange de terrains pour la formation de la place du Palais-Royal, 19 décembre 1775.

Panoramas (Rue des).

Lettres patentes autorisant le duc de Montmorency à ouvrir une rue sur un terrain sis entre les rues Saint-Marc et Feydeau, 13 septembre 1782.

Panthéon Français

Édit : reconstruction de l'église Sainte-Geniève, mars 1757, enregistré au Parlement le 27 avril 1757.

Délibération du Bureau de la Ville : exécution de l'édit de mars 1757, 17 mai 1757.

Lettres-patentes : mesures financières prises en vue de la reconstruction de l'église Sainte-Geneviève, 24 janvier 1758.

Directoire du département : Arrêté exprimant le vœu que l'édifice Sainte-Geniève soit consacré aux grands hommes et que le corps de Mirabeau y soit déposé, 2 avril 1791.

Décret de l'Assemblée constituante, conforme au vœu précédent, 4 avril 1791.

Décret de l'Assemblée Constituante : translation du corps de Voltaire dans l'église de Sainte-Geneviève, 1er juin 1791.

Décret de l'Assemblée Constituante relatif entre autres choses à l'achèvement de l'église de Sainte-Geneviève, 16 juin 1791.

Loi relative à l'achèvement du Panthéon français, 24 février 1792.

Décret de la Convention : les honneurs du Panthéon décernés à Michel Le Peletier, représentant du peuple, 27 brumaire an II.

Décret de la Convention : honneurs du Panthéon décernés à Marat, l'ami et le représentant du peuple, 27 brumaire an II.

Décret de la Convention : le corps de Mirabeau sera enlevé du Panthéon quand celui de Marat y sera transféré, 7 frimaire an II.

Décret de la Convention : les cendres de Chalier, martyr de la liberté, déposées au Panthéon, 1er nivôse an II.

Décret de la Convention : les cendres de Jean-Jacques Rousseau déposées au Panthéon français, 25 germinal an II.

Décret de la Convention : les noms des citoyens morts le 10 août, pour l'égalité, gravés sur une colonne dans le Panthéon, 13 floréal an II.

Décret de la Convention : les honneurs du Panthéon décernés seulement dix ans après la mort, 24 pluviôse an III.

Lettres de Napoléon Ier.

500,000 francs employés à l'achèvement du Panthéon, 18 février 1806.

Proposition de faire les piliers du Panthéon en fonte, 19 février 1806.

Les travaux du Panthéon doivent être terminés en deux ans, 26 février 1806.

L'excédent des fonds consacrés au Panthéon devra être employé pour Saint-Denis, 22 avril 1806.

Notes manuscrites et imprimées, 1794-1805.

Pasquier (Rue).

* Délibération du corps municipal autorisant le sieur de Montessui, à ouvrir trois rues sur les terrains lui appartenant entre les rues de l'Arcade et d'Anjou-Saint-Honoré, 16 février 1792.

Paul (Rue Saint-).

Délibération de la Commune de Paris : fonte de l'argenterie de l'église Saint-Paul, 21 brumaire an II.

Plan de la rue de l'église et du cimetière Saint-Paul, signé : Taine, Jolain, Verniquet, 16 vendémiaire an V.

Pavage.

Mémoires imprimés et manuscrites sur le pavage de Paris, 1837-1861, parmi lesquels il y a lieu de citer.

« Mémoire appuyé de pièces justificatives sur la légalité de l'usage, qui, dans Paris, impose aux propriétaires riverains les frais d'entretien des rues non pavées et ceux de l'établissement du premier pavage ». Paris, imp. Roy. 1837, 97 pages, in-8.

Payen (Rue).

Notice manuscrite sur Grenelle avant 1789 et les origines de la manufacture de Javelle, par M. Payen, membre de l'Institut.

CARTON 37

PÉCHOIN (Rue). — PIGALLE (Rue).

Pentémont (Temple de).

Avis du Bureau de la Ville : translation des religieuses de l'abbaye de Pentémont, à Beauvais, en la maison par elles acquise de l'Hôpital Général, à Paris, 28 juillet 1678.

Décret impérial : l'abbaye de Pentémont transformée en caserne, 19 germinal an XIII.

Loi du 13 mai 1825 : vente des terrains dépendant du ministère de la guerre.

Loi du 5 août 1844 : concession de l'ancienne église de Pentémont à la Ville de Paris, pour être affectée au culte réformé.

PÈRES (Passage des Petits-).

Plan du passage des Petits-Pères, 21 juin 1774.

PÈRES (Rue des Petits-).

* Lettres patentes autorisant le sieur Pasquier à ouvrir un cul-de-sac sur les terrains de l'hôtel de La Ferrière, 13 décembre 1777, enregistrées au Parlement le 19 juin 1779.

PÉTRELLE (Rue).

Arrêté de l'Administration centrale du département de la Seine : fermeture de la rue Pétrelle par des portes, 29 nivôse an V.

Notes manuscrites : acte d'inhumation de la commune de Montmartre, 1786.

PHILIPPE-DU-ROULE (Église Saint-).

Lettres-patentes sur arrêt : construction d'une nouvelle église au faubourg du Roule, 25 septembre 1773.

Décret de la Convention affectant à l'exercice des cultes religieux l'église Saint-Philippe-du-Roule, 1er messidor an III.

Mémoires et notices manuscrits et imprimés.

PIERRE-DU-GROS-CAILLOU (Église Saint-)

Édit établissant une chapelle au Gros-Caillou, février 1737, enregistré au Parlement le 27 mars 1737.

Édit : la succursale du Gros-Caillou transformée en cure, janvier 1777.

PIERRE-MONTMARTRE (Église Saint-).

Notice manuscrite, historique et archéologique, sur Saint-Pierre-de-Montmartre et sa paroisse.

PIERRE (Passage Saint-).

Note sur les biens nationaux qui ont servi à former ce passage.

PIGALLE (Rue).

Acte de marige de Pigalle, Notre-Dame-de-Lorette, 17 janvier 1771.

Arrêtés de l'Administration centrale donnant à la rue Royale le nom de rue Pigalle, 18, 22 nivôse an VIII.

CARTON 38

PILON (Cité Germain-). — POPULATION DE PARIS.

PLANS.

Sous ce titre on a réuni quelques mémoires imprimés soit sur les plans de Paris, soit sur les ensembles généraux de travaux à y exécuter ainsi qu'une notice manuscrite du XVIIIe siècle, sur le plan de tapisserie.

PLANTATIONS.

Mémoires imprimée et dessins relatifs aux plantations de Paris, 1855-1860.

PLANTES (Jardin des).

Décret de la Convention relatif à l'organisation du Jardin national des Plantes, du Cabinet d'histoire naturelle sous le nom de Muséum d'histoire naturelle, 10 juin 1793.

Notes imprimées et manuscrites, an III-1868.

Pont (Petit-).

* Arrêt du Parlement ordonnant le rétablissement du Petit-Pont, 5 septembre 1718.

Pont (Rue du Petit-).

* Arrêt du Conseil d'État ordonnant l'élargissement de la rue du Petit-Pont, 20 décembre 1687.

Ponthieu (Rue de).

* Lettres patentes ordonnant la prolongation de la rue de Ponthieu, 7 novembre 1778.

Pont-Neuf

Loi du 27 août 1792 : la table des Droits de l'homme substituée à la statue d'Henri IV.

Décret de la Convention : statue de 15 mètres élevée sur le Pont-Neuf, à la gloire du peuple, 28 brumaire, an II.

Arrêté de l'Administration Centrale du département : démolition de la Samaritaine, 21 thermidor, an II.

Résolution du Conseil des Cinq-Cents : le terre-plein du Pont-Neuf concédé à Poyet, pour y élever, à ses frais, un monument aux victoires nationales, 16 messidor, an VI.

Décret impérial : obélisque au peuple français sur le terre-plein du Pont-Neuf, 15 août 1809.

Notes manuscrites et imprimées, 1817-1880.

CARTON 39

PORT (Chemin du). — QUINZE-VINGTS.

Port-Mahon (Rue de).

* Arrêté de la Commission des travaux des travaux publics : ouverture de deux rues sur les terrains de l'hôtel de Richelieu, 17 vendémiaire, an III.

Plan général des bâtiments et jardins du ci-devant hôtel de Richelieu, sans date, mais probablement de l'an III.

Postes (Hôtel des).

Analyse des traités d'acquisition de l'hôtel d'Armenonville, rue Plâtrière, 1757-1758.

Déclaration royale : tarif des postes, création de la petite poste de Paris, 8 juillet 1759.

Mémoires et notes imprimés et manuscrits, 1747-1885.

Prouvaires (Rue des).

Arrêt du Conseil d'État : acquisition de maisons rue des Prouvaires et percement de deux nouvelles rues 23 février 1788.

Provence (Rue de).

* Lettres-patentes : ouverture des rues de Provence et d'Artois, 15 décembre 1770, enregistrées au Parlement le 6 septembre 1771.

Plans des rues de Provence et d'Artois, 10 septembre 1771.

Arrêté du Corps municipal : alignements de la rue Saint-Nicolas, 19 septembre 1793.

Notes manuscrites et imprimées, 1771-18...

Quinze-Vingts (Hospice national des).

Édit royal : La maison des Quinze-Vingts dépend du grand aumônier de France, mai 1546, enregistré au Parlement, 4 mai 1546.

Lettres patentes : construction de l'hôtel des Mousquetaires de la 2ᵉ compagnie, au faubourg Saint-Antoine, 7 juillet 1699, enregistrées au Parlement, le 5 septembre de la même année.

Lettres patentes : translation de l'hôpital royal des Quinze-Vingts dans l'ancien hôtel de la compagnie des Mousquetaires Noirs, rue de Charenton, 16 décembre 1779, enregistrées au Parlement le 31 décembre 1779.

« Plan de l'enclos des Quinze-Vingts seulement où l'on voit

le nouveau projet de rues, issues et passages, tel qu'il est indiqué au plan, 25 octobre 1779 », signé : Lenoir.

Décret de la Convention : apposition des scellés sur les papiers des Quinze-Vingts, 31 janvier 1793.

Arrêté du Conseil Général de la Commune : félicitations à l'Administration des Quinze-Vingts, 26 brumaire an II.

Décret de la Convention : traitement des aveugles des Quinze-Vingts, 16 pluviôse an III.

Analyse de titres relatifs aux Quinze-Vingts, 1521-1827.

Mémoires et notes, règlements, notices manuscrites et imprimés, 1781-1880.

CARTON 40

RABELAIS (Rue). — RIVOLI (Rue de).

RACINE (Rue).

Arrêté préfectoral fixant le numérotage des maisons de la rue Racine, 17 juillet 1837.

RAMBUTEAU (Rue de).

Rapport du Ministre de l'Intérieur proposant de donner à la continuation de la rue Paradis, au Marais, le nom de Rambuteau, 2 novembre 1839.

« M. de Rambuteau, pair de France, préfet de la Seine ». Imp. Beau, à Saint-Germain, 8 p. in-8°, sans date.

Notes manuscrites, 1839-1869.

RATAUD (Rue).

Lettres-patentes sur arrêt du Conseil d'État, concédant à la requête de Marie Bonneau, veuve du sieur de Miramion et de Marguerite de Beauharnais, veuve du président de Nesmond, aux filles de la Communauté de la Providence au faubourg

Saint-Marcel, la jouissance pendant quatre-vingt-dix-neuf ans d'une portion de la rue des Marionnettes, jusqu'à la rue de l'Arbalète et de la rue des Vignes ou Coupe-Gorge, depuis la rue des Marionnettes, jusqu'à l'encoignure de la ruelle de la Vieille-Poterie, 20 septembre 1694, enregistrées au Parlement, le 24 mars 1695.

Mémoire adressé aux Prévôt des marchands et échevins relatif au cul-de-sac des Vignes et demandant entre autres choses l'expulsion du nommé Coupry, cordier, de l'Hôpital Général, 11 octobre 1759.

Avis du Bureau de la Ville favorable à l'établissement de la Communauté des jeunes filles orphelines de Saint-Enfant-de-Jésus, cul-de-sac des Vignes et rue des Postes, 15 mai 1772.

Note sur la congrégation du Saint-Esprit, rue des Postes et impasse des Vignes, 1731-1878.

Richelieu (Rue de)

Lettres-patentes ordonnant la construction de la porte de Richelieu, 23 novembre 1633, enregistrées au Parlement, le 5 juillet 1634.

Notes manuscrites, 1604-1871.

Richer (Rue).

* Lettres-patentes ordonnant l'élargissement de la ruelle de l'Égout qui portera à l'avenir le nom de la rue Richer, 9 mars 1792, enregistrées au Parlement, le 23 avril 1782.

* Lettres patentes sur arrêt du Conseil d'État ordonnant que la ruelle de l'Égout sera ouverte côté du midi et que sa largeur sera de 30 pieds, 27 février 1784.

Dote manuscrite, 7 juin 1785.

Rivoli (Rue de).

Actes officiels relatifs à la rue de Rivoli, an XII 1880.
Plans, mémoires, notices, manuscrits et imprimés.

7

CARTON 41

ROBERT (Impasse). — RODEL (Passage).

Roch (Église Saint-).

Notices et monographies imprimées.

Roch (Rue Saint-).

* Arrêt du Conseil d'État ordonnant l'élargissement de la rue Neuve-Saint-Roch, 17 janvier 1677.
Notes manuscrites, 1807-1873.

Rocher (Rue du).

Délibération du Conseil Général de la Commune : création du cimetière de Monceaux, 26 pluviôse an II.

Rodier (Rue).

Délibérations du Conseil municipal de Paris, relatives aux conditions d'ouverture de la rue Rodier, 30 décembre 1847, 3 octobre 1848, 21 décembre 1849.
Notes manuscrites sur le baron Rodier, rédigées par ses enfants.

Roi-de-Sicile (Rue du).

Transport fait au roi par le comte d'Alençon et du Perche de l'hôtel de Sicile, sis à Paris, rue Culture-Sainte-Catherine, 26 mai 1390.

Rollin (Rue).

Édit autorisant l'établissement à Paris, au faubourg Saint-Victor des religieuses de saint Benoît, de la règle mitigée, novembre 1656.

Avis du Bureau de la Ville favorable à l'établissement des religieuses de la congrégation de Notre-Dame, 7 décembre 1667.

Notes manuscrites et imprimées, 1539-1872.

Rossini (Rue).

Avis du Bureau de la Ville demandant pour le sieur Thevenin l'autorisation de prolonger le cul-de-sac de la Grange-Batelière, 29 décembre 1781.

Lettres patentes autorisant le prolongement du cul-de-sac de la Grange-Batelière qui sera nommé rue Pinon, 2 janvier 1784, enregistrées au Parlement le 7 février 1784.

Lettres patentes donnant les alignements de la rue Pinon, 7 août 1784.

Plan de la rue Pinon, 24 décembre 1784.

Rocino (Rue).

Délibération du Conseil municipal de Paris, fixant les conditions d'ouverture de cette rue, 13 janvier 1850.

Rousseau (Rue Jean-Jacques).

Arrêté du corps municipal substituant le nom de rue Jean-Jacques-Rousseau, à celui de rue Plâtrière, 4 mai 1791.

Notes manuscrites et imprimées, sur la rue Jean-Jacques-Rousseau et l'hôtel des Fermes, an IV-1883.

CARTON 42

RUES. — SAULES.

Rues

Édits, déclarations, arrêtés, mémoires manuscrits et imprimés, sur les alignements, les dénominations, le numérotage, les ouvertures de rues, les passerelles, etc., parmi lesquels :

* Déclaration du roi concernant les alignements et ouvertures des rues de Paris, 10 avril 1783, enregistrées au Parlement, le 8 juillet 1783.

Lettres patentes du roi concernant la hauteur des maisons de la ville et faux bourg de Paris, 25 août 1784, enregistrées au Parlement le 7 septembre 1784.

Mémoire sur le numérotage des sections de Paris, signé Kreenfelt de Storeks, 7 avril 1791.

Arrêté du corps municipal décidant qu'il ne sera plus percé de nouvelles rues sans qu'il y soit construit de trottoirs, 13 août 1793.

FLORENTIN (Rue Saint-)

Arrêt du Conseil d'État autorisant les prévôt et échevins à faire l'acquisition de cinq maisons au coin des rues Saint-Honoré et Saint-Florentin, 12 mai 1788 (1).

SABIN (Rue Saint-).

Lettres patentes autorisant l'ouverture de la rue D'Aval, 2 septembre 1780.

CARTON 43

SAULNIER (Passage). — SIGNATURES

SÉBASTIEN (Impasse Saint-).

Délibération du Bureau de la Ville donnant à l'impasse construit dans la rue Neuve-Saint-Sébastien le nom de « cul-de-sac Saint-Sébastien », 18 juin 1779.

SEINE (Rue de).

Avis du Bureau de la Ville, favorable au percement d'une rue allant du Luxembourg au Louvre, 10 juillet 1662.

(1) Dossier placé à tort par les frères Lazare en S : aurait dû être à la lettre F.

Relevé de titres concernant l'ancien palais de la reine Marguerite, rue de Seine, 1622-1770.

Pétition des habitants de la rue de la Seine, demandant la démolition des pavillons de l'Institut, 15 septembre 1836.

Notes manuscrites et imprimées, 1769-1866.

Séverin (Rue Saint-).

Arrêt du Conseil d'État ordonnant l'élargissement de la rue Saint-Séverin, 7 janvier 1678.

Signatures (Fac-simile de).

Ces fac-simile sont énumérés dans l'ordre même où ils se présentent, ordre qui n'est pas rigoureusement alphabétique :

A

1 Argout (D'), ministre du Commerce, 1831.
2 Angles (comte), ministre d'État, 1821.
3 Albouy, 1824.
4 Angiviller (d'), 1784.
5 Aligre (Étienne-François d'), premier président au Parlement, 1781.
6 Anne d'Autriche.

B

7 Buffault, 1787.
8 Babille, 1763.
9 Bailly.
10 Boudreau, 1780,
11 Boucher d'Orsay, 1708.
12 Benezech, ministre de l'intérieur, an V.
13 Bonaparte (Lucien), ministre de l'Intérieur, an VIII.
14 Baude, Préfet de Police, 1831.
15 Bossuet, 1682.
16 Billy (de), 1842.
17 Beaumarchais, 1777.
18 Boucher, échevin, 1774.

C

19 Chaptal, ministre de l'Intérieur, an IX.
20 Corbière, ministre de l'Intérieur, 1826.
21 Chabrol, préfet de la Seine, 1823.
22 Chaumette, procureur de la Commune, 1792.
23 Colbert. 1680.
24 Corbeaux, 1827.
25 Carnot, ministre de l'Intérieur, 1815.
26 Calonne (de), 1786.
27 Chaize (de la).
28 Cochin, 1790.
29 Chapus, échevin, 1778.
30 Chauchat, échevin, 1779.

D

31 Desèze.
32 Daval.
33 D'Ormesson, conseiller d'État, 1789.
34 De Fourcy, 1691.
35 Delamichodière.
36 Duguay-Trouin.

92 Peyronnet, mistre de la justice, 1825.

Q

93 Quinette, ministre de l'intérieur, an VII.

R

94 Rœttier Delatour, 1776.
95 Rothschild, 1840.
96 Rambuteau, préfet de la
  Seine, 1837.
97 Reynie (de la), 1680.

S

98 Sanson (Philippe - Robert),
  ancien trésorier de la
  chambre aux deniers du
  Roi, 1784.

99 Siméon, ministre de l'intérieur, 1821.
100 Soult, duc de Dalmatie, ministre de la guerre, 1841.
101 Santerre, 1792.
102 Soufflot, 1757.

T

103 Thiers, ministre de l'intérieur, 1834.
104 Taithout, 1776.
105 Talleyrand-Périgord.

V

106 Vellefaux (Claude).
107 Vivien, préfet de police, 1831.
108 Verniquet, an IV.
109 Vendôme (Louis de), grand
  prieur de France, 1679.
110 Valée (maréchal comte), 1839.

CARTON 44

SIMART (Rue). — TEMPLE (Square du).

SORBONNE (Église de la).

Ordonnance royale : donation des bâtiments de la Sorbonne
à l'Université, 16 mai 1821.

« Conseil d'État : propriété des bâtiments de la Sorbonne.
Mémoire par Mᵉ Mirabel-Chambaud, avocat aux conseils, pour
la Ville de Paris, contre le domaine de l'État, en présence de
l'Université de France, avril 1845. » Imprimerie Vinchon,
61 pages in-8°.

SORBONNE (Rue de la).

Arrêté du Conseil Général de la Commune donnant à la rue
de la Sorbonne, le nom de rue Catinat, 18 octobre 1792.

SOURDS-MUETS (Institution des).

Lois et décrets relatifs à l'abbé de l'Épée et aux institutions de sourds et muets, monographies, etc., 1791-1862.

STRASBOURG (Boulevard de).

Arrêté de l'Administration centrale du département de la Seine : la rue de l'Hyménée, nommée rue de la Fidélité, 4 nivôse an VII.

SULPICE (Place Saint-).

Plan des abords de Saint-Sulpice, xviiie siècle.

TAITBOUT (Rue).

* Lettres patentes sur arrêt du Conseil d'État autorisant le sieur Bouret de Vezelay à ouvrir la rue Taitbout, 13 août 1773, enregistrées au Parlement le 25 février 1775.

Plan de la rue Taitbout, 13 août 1773.

Lettres patentes sur arrêt du Conseil autorisant le sieur Jean-Louis Magny de Maison-Neuve à ouvrir la rue des Trois-Frères continuant la rue Taitbout, 25 octobre 1777.

Plan de la rue des Trois-Frères, 9 septembre 1778.

* Lettres patentes autorisant le sieur Douet de la Boullaye à ouvrir la rue du Houssay, 17 février 1781.

Mandement royal ordonnant l'exécution des lettres patentes du 17 février 1781, nonobstant le non-enregistrement au Bureau des Finances, 8 mai 1781.

Notes manuscrites et imprimées, 1781-1853.

TANNERIES (Rue des).

Avis du Bureau de la Ville favorable à l'établissement des Bénédictines anglaises au faubourg Saint-Marcel, 15 juillet 1680.

Notes manuscrites, 1645=1877.

TEMPLE (Marché du).

Délibération du Conseil des Bâtiments civils : formation des abords de la rotonde du Temple, 28 prairial an VIII.

Arrêté des consuls : la maison du Temple consacrée au casernement de la gendarmerie de Paris, 9 thermidor an VIII.

Arrêté des consuls : une partie de l'enclos du Temple consacrée au marché aux vieux linges, 29 vendémiaire an XI.

Décret impérial : augmentation de la superficie du marché du Temple, 11 mars 1807.

Délibération du Conseil des Bâtiments civils : place et marché à fermer dans l'enclos du Temple, 28 août 1809.

Note de Napoléon Ier au Ministre de l'Intérieur : le palais du Temple devra être conservé et affecté à un service public, 14 février 1811.

Mémoires et notes manuscrits et imprimés, an IV-1878.

Temple (Rue du).

Arrêt du Conseil d'État ordonnant entre autres choses l'élargissement de la rue Barre-du-Bec, 10 mai 1677.

Délibération du Conseil municipal de Paris : élargissement de la rue Sainte-Avoie, 30 octobre 1846.

Notes manuscrites, an VII-1871.

Temple (Rue du Faubourg-du-).

Lettres patentes ordonnant l'élargissement de la rue du Faubourg-du-Temple, 25 octobre 1782.

Notes manuscrites et imprimées, 1849-1882.

CARTON 45

TENAILLES (Impasse des). — TOURNELLES (Rue des).

Thévenot (Impasse).

* Arrêt du Conseil d'État ordonnant la fermeture de l'impasse de l'Étoile par une porte de fer, mai 1716.

Tournefort (Rue).

Avis du Bureau de la Ville favorable à l'établissement des filles de la congrégation de Sainte-Aure (10 février 1724).

Mémoires manuscrits sur la communauté de Sainte-Aure (2).

Notes manuscrites : an IV-1878.

Tournelle (Pont de la).

Arrêt du Conseil d'État ordonnant la réfection du pont de la Tournelle, 20 septembre 1653.

Tournelle (Quai de la).

Procès-verbal de la pose de la première pierre du port des Bernardins, 23 juin 1554.

Avis du Bureau de la Ville, favorable à l'établissement de la communauté des Filles de Sainte-Geneviève, 4 septembre 1693.

Décret de la Convention : Suppression des congrégations des Miramionnes et de l'Enfant-Jésus, 16 brumaire, an III.

Arrêté préfectoral : Substitution du nom de quai à celui de rue de la Tournelle, numérotage de ce quai, 3 septembre 1835.

Notes manuscrites : 1769-187 .

Tournelles (Rue des).

Arrêté préfectoral : Changement du nom de petite rue Neuve-Saint-Gilles, en celui de rue Tournelles, 15 juillet 1839.

Notes imprimées et manuscrites : 1578-1876.

CARTON 46

TOURNEUX (Rue des). — VANVES (Ancien chemin de).

Tracy (Rue de).

Arrêt du Conseil d'État permettant le percement d'une rue sur l'emplacement de l'hôtel et du jardin de Saint-Chaumont, 1ᵉʳ avril 1672.

Lettres-patentes autorisant le sieur de Tracy à ouvrir une nouvelle rue, 8 novembre 1782.

Plan de la rue de Tracy, 1784 ou 1785.

Trocadéro (Place du).

Plan du couvent de la Visitation de Sainte-Marie, xviii° siècle.

Arrêté du corps municipal de Paris autorisant l'ouverture de trois rues sur les terrains des Minimes de Passy, et des Filles Saint-Marie de Chaillot, 3 prairial an II.

Tuileries (Palais et Jardin des).

« Loi qui détermine le château des Tuileries pour le lieu des séances de la Convention Nationale », 14 septembre 1792.

Décret de la Convention Nationale le palais et le jardin des Tuileries porteront le nom de palais et jardin National, 24 avril 1793.

Résolution du Conseil des Anciens : suppression du télégraphe des Tuileries, 26 fructidor an VI.

Lettre de Bonaparte, 1er consul : pose de statues dans le jardin des Tuileries. 16 pluviôse an VIII.

Mémoires et notes manuscrits et imprimés, 1564-1882.

Turenne (Rue de).

Lettres patentes : autorisation au duc de Chaulnes de faire construire un cabinet hors d'œuvre, 19 février 1679.

* Arrêt du Conseil d'État : continuation de la rue Saint-Louis, 23 novembre 1694.

Arrêt du Conseil d'État : continuation de la rue Saint-Louis, du Calvaire à la rencontre du Cours, 7 août 1696.

Lettres patentes : suppression de l'embouchure de l'égout Saint-Louis dans la rue de l'Égout-Saint-Paul et élargissement de la rue Saint-Paul, 14 mars 1777.

Arrêté des Consuls : la maison de Pologne, rue Saint-Louis, consacrée au logement d'artistes distingués dans les arts mécaniques, 13 floréal an VIII.

Mémoires et notes manuscrits et imprimés, an IX-1877.

Université (Rue de l').

Arrêt du Conseil d'État : continuation du pavage de la rue de l'Université, 9 septembre 1728.

Arrêté du Corps municipal : alignements de la rue de l'Université, de l'Esplanade des Invalides au Champ de la Fédération, 15 juillet 1793.

Notes manuscrites, 1674-1880.

Val-de-Grace (Hôpital du).

Arrêt du Conseil d'État : maintien du droit de *Committimus* aux religieuses de Notre-Dame-du-Mont-Carmel, du faubourg Saint-Jacques, 5 mars 1671.

Décret de la Convention Nationale : le Val-de-Grâce devant l'hospice des Enfants-de-la-Patrie, 15 ventôse an II.

Notes manuscrites et imprimées, 1688-1878.

Valette (Rue).

Plan de la rue des Sept-Voies, xviiie siècle.

Notes sur les biens nationaux situés dans la rue des Sept-Voies.

Vaneau (Rue).

Arrêt du Conseil d'État : continuation de la rue des Brodeurs, nommée rue Pochet, 1er juillet 1780.

Notes manuscrites, 1826-1882.

CARTON 47

VANVES (Passage de). — VINCENNES

Vaugirard (Rue de).

Édit : translation à Paris du couvent de la congrégation de Notre-Dame-de-Paix, novembre 1680.

Arrêté préfectoral : régularisation du numérotage de la rue de Vaugirard, 12 août 1834.

Notes manuscrites et imprimées, 1500-1880.

Vendome (Passage).

Édit ratifiant et confirmant l'établissement de la communauté des Filles Pénitentes dite du Sauveur, rue de Vendôme, juillet 1727.

Vendome (Place).

Arrêt du Conseil d'État : formation de la place Vendôme, 2 mai 1686.

* Lettres patentes : modifications du plan de la Place, 7 avril 1699.

Arrêté du Préfet du département de la Seine : la colonne du département de la Seine sera érigée place Vendôme, 15 messidor, an VIII.

Arrêté du premier consul : colonne de Charlemagne, place Vendôme, 8 vendémiaire, an XII.

Lettres de Napoléon Ier :

17 février 1806 : demande de renseignements sur la colonne de Charlemagne ;

14 mars 1806 : 50,000 livres de bronze concédés pour la colonne d'Austerlitz ;

6 juin 1806 : demande de renseignements sur l'avancement de la colonne d'Austerlitz.

Ordonnanc royale ; rétablissement de la statue de Napoléon Ier sur la colonne Vendôme.

Mémoires manuscrits et imprimés, notes, vue, etc., 1686-1876.

Ventadour (Rue de).

Plan de la rue de Ventadour, xviiie siècle.

Véron (Rue).

· Notes sur les municipalités de Montmartre et sur Véron, 1790-1861.

Verrerie (Rue de la).

Arrêt du Conseil d'État : élargissement et alignement de la rue de la Verrerie, 20 novembre 1671, 20 février 1672.

Arrêt du Conseil d'État : alignement de la rue de la Verrerie

Arrêt du Conseil d'État ordonnant entre autres choses que l'élargissement de la rue de la Verrerie sera continué 23 décembre 1679.

Victoire (Rue de la).

Arrêté de l'Administration centrale du département de la Seine : changement du nom de la rue Chantereine en rue de la Victoire, 8 nivôse, an VI.

Lettre de Thiers, ministre du Commerce et des Travaux publics au Préfet de la Seine : rétablissement du nom de rue de la Victoire, 25 novembre 1833.

Délibération du Conseil Municipal de Paris, continuation de la rue de la Victoire, de la rue de la Chaussée-d'Antin à la rue Joubert 12 août 1846.

Victoires (Place des).

Arrêté du Conseil général de la Commune : la place des Victoires, nommée place des Victoires-Nationales, 12 août 1792.

Arrêtés des Conseils :

Monument à la mémoire de Desaix et Kléber, 19 fructidor an VIII.

Statue colossale de Desaix, 9 vendémiaire an XI.

Notes manuscrites et imprimées, 1708-1876.

Victor (Boulevard).

Lettre autographe du maréchal Victor, duc de Bellune, 10 novembre.

Victor (Rue Saint-).

Arrêt du Conseil d'État ordonnant l'élargissement de la rue Saint-Victor, depuis le Jardin des Plantes jusque vers la croix de Clamart, 4 novembre 1684.

Notes manuscrites et imprimées : 1679-1869.

Vieillesse-Femmes (Hospice de la).

Arrêt du Conseil d'État : les directeurs de l'Hôpital Général dispensés de l'entretien de la maison de la Savonnerie, 22 août 1673.

Déclaration : confirmation de l'établissement de la maison de refuge pour les femmes, juillet 1691.

Déclaration : confirmation de l'Hôpital du Nom-de-Jésus au faubourg Saint-Martin de Paris, janvier 1739.

Notes manuscrites : 1653-1879.

Ville-l'Évêque (Rue de la).

Avis du Bureau de la Ville, favorable, sous réserves, à l'ouverture de la rue de la Ville-l'Évêque par le sieur Pierre Lenoir et sa femme, 19 mars 1767.

Villette (Boulevard de la).

Arrêt du Conseil d'État, réception du sieur Castel Dumarais, comme notaire royal pour la paroisse de la Villette, 24 mars 1778. Paris, imp. Simon, 19 p., in-8°, 1782.

Notes manuscrites et imprimées sur la Villette et le boulevard de la Villette.

CARTON 48

VINCENNES (Cours de). — ZONE MILITAIRE

Vincennes (Cours de).

Décrets impériaux ordonnant l'élargissement de l'avenue de Vincennes, 24 janvier, 5 mars 1842.

Notes manuscrites et imprimés, plan 1658-1872.

Vincent de Paul (Église Saint-).

Vue photographique de Saint-Vincent de Paul avec les peintures extérieures : 1858 ?

« De la peinture religieuse à l'extérieur des églises à propos de l'enlèvement de la décoration extérieure du porche de Saint-Vincent-de-Paul, par J. Jollivet, peintre d'histoire. Paris, imp. Wittersheim, 8, rue Montmorency, 1861. » 121 p. in-8°.

Notes manuscrites et imprimées : 1824-1872.

Volta (Rue).

Notes sur les équarrisseurs du Pont-aux-Biches, 1698-1789.

Vosges (Place des).

Lettres patentes ordonnant la désunion du domaine royal des hôtels d'Angoulême et des Tournelles et la vente des emplacements sur lesquels ils étaient situés, 28 janvier 1563, enregistrées au Parlement, le 28 février 1563.

Lettres de commission au grand-voyer de France : alignement d'une place prise dans l'ancien parc des Tournelles et destinée spécialement à l'établissement de manufactures de soie or et argent filés, façon de Milan, 4 mars 1604.

Déclaration : concession de nouveaux emplacements pour l'établissement des manufactures, avril 1604, enregistrés au Parlement le 2 août 1604.

Certificat du maître des œuvres des bâtiments du roi : emplacements nouveaux pour les manufactures, 10 mars 1604.

Édit perpétuel : plan de la place Royale et redevances dues par les occupants, juillet 1605, enregistré au Parlement, le 5 août 1605.

Mandement du roi aux Prévôt et échevins de la la Ville de Paris : dégagements des abords de la place Royale, pour la course de bagues, 15 mars 1660.

Requête des Prévôt et échevins au Parlement, demandant les autorisations nécessaires pour ce dégagement, 11 mai 1660.

Arrêt du Conseil d'État, autorisant les Prévôt des marchands et échevins de Paris à remplacer, aux frais des propriétaires riverains, les barrières de bois entourant la place Royale par une grille de fer, 18 avril 1682.

Délibération du Bureau de la Ville refusant d'émettre un avis sur la demande faite par les propriétaires de la place Royale d'une plantation de deux rangées de tilleuls sur cette place, 19 mars 1783.

Arrêt du Conseil d'État ordonnant la plantation de deux rangées de tilleuls sur la place Royale, 25 avril 1783.

Arrêté de la Commune de Paris : la place nommée place des Fédérés, 19 août 1792.

Décret de la Convention : la place nommée place de l'Indivisibilité, 6 juillet 1793.

Lettre de Lucien Bonaparte, ministre de l'Intérieur, à Frochot, préfet de la Seine : la place nommée place des Vosges, 26 fructidor an VIII.

Lettre de Napoléan Ier au ministre de l'Intérieur : on placera la statue du général d'Hautpoul place des Vosges, 3 août 1807.

Notes manuscrites et imprimées : 1605-1885.

CARTON 49

ÉTABLISSEMENTS ET RUES SUPPRIMÉS

AGNAN (Chapelle Saint-). — YVES (Chapelle Saint-).

ANGIVILLERS (Rue d').

Lettres patentes permettant aux sieurs Naveau et Cᵉ d'ouvrir une nouvelle rue sur un terrain sis entre les rues des Poulies et de l'Oratoire, 12 mai 1780.

Plan de la rue d'Angivillers et de ses abords, 1ᵉʳ septembre 1780.

Ave-Maria (Caserne de).

Notes imprimées et manuscrites sur le couvent de l'Ave-Maria, sur les cercueils et les débris du mur de Philippe-Auguste découverts en 1867, 1264-1868.

Boulainvilliers (Marché).

Arrêt du Conseil d'État prescrivant la terminaison de l'Hôtel de la 1ʳᵉ compagnie de mousquetaires, rue de Beaune, 25 août 1671.

Lettres patentes ordonnant la mise en adjudication de l'ancien Hôtel des mousquetaires et l'établissement d'un marché et d'une fontaine publics sur son emplacement, 12 février 1718.

Édit autorisant Bernard de Boulainvilliers, prévôt de Paris, à ouvrir et à exploiter un marché sur l'emplacement de l'ancien Hôtel des mousquetaires, novembre 1780, enregistré au Parlement, le 16 janvier 1781.

Plans du marché Boulainvilliers et de ses abords, 1842.

Note manuscrite, 1769.

Charité (Rue de la).

Lettre de Frochot, préfet de la Seine au ministre de l'Intérieur, sollicitant le percement de rues sur les terrains entourant l'église Saint-Laurent, 21 brumaire an XI.

Cochin (Rue).

Mémoires et notes imprimés et manuscrits sur la famille Cochin, 1560-1872.

Collégiale (Place de la).

Mémoires imprimés sur les églises Saint-Marcel et Saint-Martin, xᵉ siècle-1808.

Crucifix (Rue du Petit-).

Ordonnance du Bureau de la Ville : élargissement de la rue depuis le Crucifix-Saint-Jacques jusqu'à l'Apport-Paris, novembre 1565.

CYGNES (Rue de l'Ile-des-).

Notes imprimées et manuscrites sur l'Ile-des-Cygnes, 1572-1876.

EUSTACHE (Place de la Pointe-Saint-).

Édit ordonnant le dégagement du chevet de Saint-Eustache et la création d'un passage allant de la rue Traînée à la Pointe-Saint-Eustache, ainsi que la démolition du corps de garde et du puits sis à la Pointe-Saint-Eustache, juillet 1779.

FRANCS-BOURGEOIS-SAINT-MARCEL (Rue des).

Arrêté du Corps municipal fixant sa largeur, 9 nivôse an II.

JUSTICE (Place du Palais de).

Arrêt du Conseil d'État ordonnant la formation de la place du Palais-de-Justice et l'ouverture d'une rue du pont au Change au pont Saint-Michel, 25 septembre 1784.

Arrêt du Conseil d'État : cession aux sieurs Lenoir de onze maisons situées rues Saint-Barthélemy et de la Vieille-Draperie, « à partir du portail de l'Église Saint-Barthélemy jusqu'à l'encoignure du cul-de-sac de ladite église, joignant le portail de celle de Saint-Pierre-des-Arcis », pour la formation de l'un des côtés de la place semi-circulaire et l'ouverture d'une nouvelle rue, en face du palais, 23 janvier 1791.

Loi du 15 février 1791 : suppression des paroisses de la Magdelaine, Saint-Germain-le-Vieux, Saint-Pierre-aux-Bœufs, Saint-Landry, Sainte-Croix, Saint-Pierre-des-Arcis, Saint-Barthélemi, Sainte-Marine, Saint-Jean-Baptiste et Saint-Denys, la basse Sainte-Chapelle et Saint-Louis-en-l'Isle.

LATRAN (Rue Saint-Jean-de-).

Arrêt du Conseil d'État ordonnant la prolongation de la rue Saint-Jean-de-Latran jusqu'à la rue de Lourcine, 18 octobre 1685.

Arrêt du Conseil d'État ordonnant l'élargissement de la rue Saint-Jean-de-Latran, 16 février 1715.

Notes manuscrites 1346-1844,

Laurent (Marché et Rue du Marché-Saint-).

Avis du Bureau de la Ville favorable à la requête présentée par le duc de Mortemart et tendant à l'établissement de la foire Saint-Laurent, 6 août 1657.

Avis du Bureau de la Ville favorable à la translation demandée par les prêtres de la congrégation de Saint-Lazare, de la foire Saint-Laurent, dans le faubourg Saint-Martin, vis-à-vis les Récollets, 2 septembre 1662.

Lettres patentes donnant aux prêtres de la congrégation de Saint-Lazare, l'autorisation de bâtir sur une partie des terrains de la foire Saint-Laurent et d'y percer au moins trois rues, 19 janvier 1777, enregistrées au Parlement, le 14 mai 1777.

Avis du Bureau de la Ville favorable avec restrictions à l'enregistrement des lettres patentes, 22 avril 1777.

Louviers (Rue de l'Ile-).

Arrêt du Conseil d'État ordonnant l'acquisition de l'île Louviers par les Prévôt des Marchands et échevins de Paris, 2 octobre 1671.

« Corps législatif. Conseil des Cinq-Cents. Opinion de Pierre Guyomar (Côtes-du-Nord) sur l'exception de la vente du domaine national de l'isle Louviers, commune de Paris. Séance du 2 floréal an VII. » Impr. Nationale, 10 p. in-8°.

Avis du Conseil d'État : abandon de l'île Louviers à la Ville de Paris, 5 avril 1806.

Notes manuscrites, 1769-186...

Marcel (Théâtre Saint-).

« Théâtre Saint-Marcel, construit à Paris, en 1838, sur les dessins de Ed. Lussy et M. Allard, architectes. Paris, à la Librairie scientifique et industrielle, L. Mathias (Augustin), 15, quai Malaquais, 1840, » 8 p., 4 plans in-8°.

Oratoire (Place de l').

Lettres patentes ordonnant le dégagement des abords du

Louvre et la confection d'une place depuis le péristyle jusqu'au portail de Saint-Germain-l'Auxerrois. 26 décembre 1753.

Salle-au-Come (Rue).

Plan de la rue Salle-au-Comte et du couvent des Filles de Sainte-Magloire, xviiie siècle.

Tannerie (Rue de la).

Arrêt du Conseil d'État ordonnant la convocation d'une assemblée spéciale à l'Hôtel de Ville pour aviser aux moyens de pourvoir à la salubrité de la ville et trouver un endroit où placer les tanneurs, teinturiers et mégissiers, 28 octobre 1672.

Arrêt du Conseil d'État ordonnant, en conformité des décisions prises par l'Assemblée tenue à l'Hôtel de Ville le 7 février 1673, que les tanneurs, mégissiers et teinturiers de la rue de la Tannerie se retireront au faubourg Saint-Marcel et à Chaillot, 24 février 1673.

Tixéranderie (Rue de la).

Arrêt du Conseil d'État ordonnant l'élargissement du carrefour des rues de la Tixéranderie, Jean-Pain-Mollet, Jean-de-l'Espine et de la Coustellerye, 25 février 1674.

Vannerie (Rue de la).

Arrêt du Corps municipal portant de 21 à 24 pieds la largeur de la rue de la Vannerie, 14 mai 1792.

Veaux (Halle aux).

Édit autorisant l'établissement d'une halle aux veaux et de rues sur le terrain du marais des Bernardins, août 1772, enregistré au Parlement le 30 juin 1773.

Arrêt du Conseil d'État approuvant les alignements de rues sur le terrain des Bernardins, donnés par les officiers du Bureau des finances, mais décidant que pour l'avenir ce droit est maintenu au Bureau des finances et aux Prévôt et Echevins concurremment, et que le droit de donner les noms de rues est réservé aux seuls Prévôt et Echevins, 24 avril 1774.

Arrêt du Conseil d'État ordonnant l'acquisition de la Halle aux Veaux et des terrains l'environnant pour le compte de Sa Majesté, qui y fera transporter le marché de la place Maubert, 17 décembre 1784.

Arrêt du Conseil d'État ordonnant que le privilège de la Halle aux Veaux demeurera réuni au domaine royal, 17 décembre 1784.

Plan de la Halle aux Veaux et de ses abords, 1er mars 1774.

PIÈCES JUSTIFICATIVES

CLASSÉES CHRONOLOGIQUEMENT

**Numérotage des maisons. — Dénomination des
rues. — Trottoirs.**

---

7 Avril 1791

MÉMOIRE SUR LE NUMÉROTAGE DES RUES DE PARIS.

Les frais que les sections font sont en pure perte pour le
public et pour l'Administration. Il n'y a qu'elles qui peuvent
en retirer quelque avantage pour l'avertissement des gardes
nationales, lorsqu'elles ont du service à faire.

Si ces numéros eussent été placés avec les réflexions qu'il
convient à un établissement public, ils eussent été utiles à ce
public, à l'Administration et aux sections pour ledit avertissement.

En 1779, je fis poser le premier numéro rue Gramont à la
petite porte de la Police, maintenant le Bureau des Nourrices;
alors il n'était pas possible de faire comprendre aux habitans de
Paris l'importance du service que je leur rendais, ainsi qu'aux
étrangers; c'est avec beaucoup de peine qu'ils s'en sont péné-
trés, et sans être inquiété j'ai continué de le faire faire à mes
dépens jusqu'en 1789.

Après la Révolution du 14 juillet de la même année, les dis-
tricts, présentement sections, ont fait numéroter pour leur
propre usage. Au lieu de suivre l'exemple que je leur avais
donné, quoique mauvais, ils ont fait encore plus mal, en voulant se donner des numéros suivant leur arrondissement, ils

n'ont pas senti qu'en doublant au moins les numéros dans la même rue, ils faisaient naître de très grands inconvénients dans le service public et dans l'Administration, en faisant suivre leurs numéros depuis le numéro 1ᵉʳ jusqu'à la dernière maison ou boutique de la section.

Je vois avec beaucoup de peine que cette entreprise est encore blâmée et incohérente avec les rôles des contributions qui existent et l'ordre que l'usage a consacré depuis 1779 pour le service public et celui des Postes et Messageries.

Cette nouvelle entreprise n'aurait pas dû être commencée sans l'attache de la Municipalité, ou du Directoire ou du Département, et certainement ils ne l'eussent pas donnée sans avoir auparavant appelé auprès d'eux quelques-uns des contrôleurs des contributions des vingtièmes et capitations et moi, qui ne le suis pas.

Plusieurs des contrôleurs que je cite m'ont été de la plus grande utilité; cependant l'expérience et l'ineptie des peintres nous ont prouvé que notre besogne pouvait être beaucoup mieux faite.

Ce que j'ai vu de mieux fait par les sections, c'est ce qu'on appelle la grande rue du Fauxbourg-Saint-Antoine; elle est pourtant de deux sections, mais elles se sont entendues, et si le peintre qui l'a faite eût été dirigé, il l'eût parfaitement faite.

Maintenant qu'il n'y a plus de faux-bourgs; que les parties que l'on appelait ainsi sont intra-muros, il semble que l'énorme nomenclature des rues doit être considérablement diminuée et changée de manière à en diminuer le nombre dans l'esprit du public, sans pour cela le mettre tellement en défaut qu'il ne puisse plus se reconnaître.

Par exemple, tout le monde sait et en est même surpris que, depuis Saint-Eustache jusqu'au Pont-Neuf, il y a une belle rue qui porte quatre noms dans sa longueur, qui pourraient être réduits à celui des Prouvaires, sans que le public pût se tromper en supprimant ceux du Roule, de la Monnaie et des Trois-Maries.

J'ai sur cela un travail assez imparfait encore que je remis en 1779 aux ministres d'alors, lieutenant de police, prévôt des marchands, procureur général et premier président qui n'osèrent

pas tenter de le mettre à exécution, quoique l'ayant trouvé nécessaire pour soulager la mémoire du public.

Il est aussi important pour lui que cela soit ainsi, que de
commencer, dans chaque rue, les numéros du même côté et
non pas tantôt à droite et tantôt à gauche. D'ailleurs, quand ce
ne serait que pour que l'étranger ne prît pas une opinion désa-
vantageuse de la Municipalité qui est si bien composée, car il
ne se persuadera jamais que ce sera la faute des sections.

C'est par ce travail qu'il faut commencer : il me parait indispensable :

1° Parce qu'il y a quatre et quelquefois cinq rues qui portent
le même nom et presque toujours courtes ;

2° Renouveler les timbres des rues, d'un caractère plus gras.
La plupart en sont effacés ou usés par le temps, parce qu'ils
n'avaient été appliqués qu'en peinture sur de la tolle ou du fer
blanc ;

3° Prolonger les rues sous le nom le plus court, le plus connu
et le plus aisé à retenir ou à écrire : ayons pitié de ceux qui
ne savent guère lire ny écrire : c'est le plus grand nombre.

Ce travail doit être fait avant d'entreprendre le nouveau numérotage, sans quoi le travail des contributions sera toujours long
et difficile à faire pour les vérifications, parce que les demandes
en modération indiqueront tantôt le numéro de l'avertissement,
tantôt celui de leur rue ou de leur section.

Pour donner un exemple de la confusion et de l'embarras que
va occasionner le nouveau numérotage, si l'administration
laisse faire chaque section à sa guise, je ne veux citer que la
rue Saint-Honoré dans laquelle il passe six sections. Il est im-
possible qu'il ne se trouve pas au moins dans cette rue six
numéros du même nombre : jugez de l'embarras du public.

Si l'administration eut été informée de la disposition des
sections pour le nouveau numérotage, elle eût sans doute pris
un arrêté qu'elle aurait fait connaître aux sections, pour que
les numéros ne fussent pas interrompus dans leur marche nu-
mérale qu'à la dernière maison ou boutique de la même rue,
sauf aux sections de prendre telle couleur qui n'aurait pas été
prise par l'une d'elles, qui passerait dans la même rue, pour le
fond sur lequel serait placé le numéro.

Il faut encore considérer que là où finit une section dans la prolongation d'une rue, une autre commence ; mais, pour cela, il n'est pas d'absolue nécessité d'arrêter la marche des numéros qui doit se continuer, tant en allant qu'en revenant, autant que la rue le comporte. Je dis donc que là où une section finit, une autre commence : on mettra deux timbres, l'un de la couleur de la section qui finit, l'autre de la couleur de celle qui commence. figurée de cette manière :

SECTION des TUILERIES		SECTION du LOUVRE

Alors, il n'y aura point de raisons d'interrompre la marche des numéros dans la même rue : ce qui, au contraire, présente beaucoup d'obstacles aux étrangers qui ont des remises à faire et aux commerçants qui ont donné leurs adresses avec les numéros de leur habitation.

Il faudrait encore avoir l'attention de laisser subsister les anciens numéros et dire qu'ils ne pourront être effacés que par les habitants des maisons quand bon leur semblera.

Il paraît convenable qu'il n'y ait qu'un numéro à chaque maison, et qu'il fût placé au premier, au-dessus de la porte d'entrée, ce qui ne peut se faire qu'à l'aide d'une machine de laquelle je donnerai un model, pour que cette besogne se fasse promptement.

Quoique que je n'aye que très peu de temps à disposer, j'offre cependant mes services pour coopérer à la perfection de ce tra-travail, avec les contrôleurs des contributions.

Fait à Paris, rue des Bons Enfans, 45, ce 7 avril 1791.

KRENFELT DE STORKES.

(Archives de la Ville.)

Séance du 4 mai 1791

DÉNOMINATION DES RUES

Le Corps municipal s'occupant de la question qu'il avait ajournée par son arrêté du... de savoir s'il ne serait pas convenable de changer les noms d'un grand nombre de rues, soit parce qu'elles en portent qui contrastent avec nos institutions actuelles, soit parce qu'il peut leur en être substitué qui rappellent des souvenirs chers à l'opinion publique ;

Informé que, sans attendre le résultat de sa délibération, quelques personnes ont fait poser aux coins de quelques rues de nouvelles inscriptions ;

Qu'il faut cependant considérer qu'il en est des noms des rues comme de ceux des hommes, qui ne peuvent être changés qu'avec le concours de l'autorité publique, et par des formalités dont les actes soient consignés dans des décrets publics parce qu'ils ont une influence sensible sur l'ordre dans les propriétés et dans les fortunes ;

Qu'il est important de peser mûrement s'il n'y aurait pas d'inconvéniens à changer tout à coup les noms de beaucoup de rues ; s'il n'en résulterait pas, pour le passé et pour l'avenir, de la confusion pour la reconnaissance et la destination des propriétés, de l'obscurité dans les partages et dans les titres, et, par conséquent, des procès dans les familles et entre voisins pour les limites ;

Pensant néanmoins que ces considérations d'intérêt général et qui méritent d'être pesées pour se porter à un grand nombre de changements à la fois ne sont pas un obstacle à l'hommage que l'opinion paraît demander pour la mémoire de deux hommes justement célèbres, de Voltaire et de J.-J. Rousseau, dont le génie et les ouvrages ont préparé la Révolution.

Le Procureur de la Commune entendu,

Arrête :

1° Que le quai jusqu'ici connu sous le nom des Théatins portera à l'avenir celui de Voltaire.

2° Que le nom de J.-J. Rousseau sera sustitué à celui de la rue Platrière.

Charge les administrateurs des Travaux Publics de faire appliquer au quai et à la rue des plaques conformes à la présente disposition et de faire déposer les inscriptions actuelles, en conservant néanmoins sans conséquence l'inscription déjà posée sur le quai, au coin de la rue de Beaune portant l'inscription : quai de Voltaire.

Nomme trois de ses membres : MM. Champion, Jolly et Jalliez pour peser les avantages et les inconvéniens du changement d'un plus grand nombre de rues et lui présenter incessamment le résultat de leur travail.

Et néanmoins fait défense de poser aucune inscription ayant pour objet de changer les noms des rues ; sauf, aux citoyens à proposer à cet égard à la municipalité et aux commissaires qui viennent d'être nommés leurs idées.

Mande aux commissaires de police de tenir la main à l'exécution du présent arrêté, qui sera imprimé, affiché et envoyé aux 48 comités des sections.

Registres du Corps municipal, tome 31, page 3722.

Délibération du corps municipal du 13 août 1793.

Trottoirs

Le Corps municipal, considérant que la quantité de voitures qui circulent en tous sens dans les rues occasionne souvent des malheurs ;

Considérant que des magistrats vraiment républicains doivent s'intéresser d'une manière spéciale à la portion intéressante de leurs concitoyens qui sont obligés d'aller à pied dans cette cité populeuse ;

Le Procureur de la Commune entendu ;

Arrête :

1° Qu'aucune rue ne sera plus percée à l'avenir sans qu'il y soit construit des trotoirs ;

2° Qu'il est enjoint à l'Administration des travaux publics d'ordonner qu'il soit fait des trotoirs dans les nouvelles rues dont le percement vient d'être consenti ;

3° Que l'Administration des travaux publics lui fera dans le plus court délai un rapport sur le genre de rues anciennement ouvertes qui peuvent admettre des trotoirs.

PACHE, maire.

COULOMBEAU, secrétaire-greffier.

[Archives de la Ville.]

ADMINISTRATION CENTRALE

Séance du 19 *pluviôse an* V, 7 *février* 1797.

DÉNOMINATION DES RUES

L'Administration centrale du Département de la Seine étant informée qu'il a été ouvert différentes rues dans Paris qui n'ont pas encore reçu de dénomination ; qu'il en existe encore sur le terrain du ci-devant hôtel Louvois, où se trouve placé le Théâtre des Arts, de celui de Richelieu et dans le quartier de la Grange-Batelière, sur la face desquelles il a été élevé des bâtimens qui peuvent avoir éprouvé des mutations.

Considérant qu'il est avantageux que leur dénomination soit connue pour éviter la confusion dans les titres de propriété, autant que pour l'utilité publique, et qu'il est essentiel d'obvier à cet inconvénient à l'avenir ;

Ouï le Commissaire du Directoire exécutif ;

Arrête :

1° Qu'il ne sera procédé à l'avenir à l'ouverture d'aucune rue nouvelle sans, au préalable, lui donner une dénomination ;

2° Les quatre inspecteurs généraux de la voierie indiqueront, le plus promptement possible, celles des rues nouvellement ouvertes qui n'ont point encore reçu de dénomination, chacun dans leur arrondissement, et proposeront les noms qu'ils croiront le plus convenables, en y employant ceux de Bossuet, Fénelon, Turenne, Lafontaine, Cassini, Lebrun, Montesquieu, et des autres hommes célèbres qui ont illustré la France : ils se concerteront entre eux pour éviter que deux rues portent le même nom.

L'Administration se réserve de statuer définitivement sur cette dénomination et d'en ordonner ultérieurement l'inscription sur l'encoignure de chacune des rues.

DÉNOMINATION DES RUES.

Rapport.

7 Thermidor, an VI (25 juillet 1798.)

L'Administration du Lycée Républicain, séante rue de Valois, quartier du Palais-Égalité, propose de donner son nom à cette rue.

L'Administration municipale du 2me arrondissement appuye cette proposition pour extirper, autant que possible, toute dénomination tendante à perpétuer la mémoire de la ci-devant maison d'Orléans.

Il est bien essentiel de ne pas se prêter, en général, à ces changemens à cause de la bigarure qu'ils occasionneraient dans les titres de propriété et de l'embarras que cela jetterait dans les familles.

Il en résulteroit d'ailleurs une grande dépense et l'Administration ne sauroit être trop économe, tant que les fonds mis à sa disposition seront aussi modiques.

Cependant d'après les motifs annoncés par la 2me Municipalité, on propose de changer la dénomination de la rue de Valois ainsi que celle des rues Montpensier, de Beaujolais et de Chartres, qui rappellent le même souvenir.

Le nom de la rue d'Orléans, sembleroit aussi devoir être effacé et il faudrait alors le changer dans quatre quartiers différens, car il y en a quatre du même nom, dont une dans le quartier Honoré et les trois autres sont situées au faubourg Marceau, au Marais et près la porte Denis, et il existe une ville de ce nom.

Cette circonstance déterminera peut-être l'Administration à laisser subsister, quant à présent, cette dénomination.

On observe qu'il y a plusieurs rues qui ont une même dénomination, telles que celles de Vallois et de Chartres, qui se trouvent toutes deux et dans le quartier du Palais-Égalité et à Mousseau. Il en est aussi deux qui portent le nom de rue de Beaujolois, dont une près le Palais-Égalité et l'autre au Marais.

On invite l'Administration à donner à ces rues les noms qu'elle croira les plus convenables : on croit pourtant devoir lui soumettre ceux du Lycée, de Jemmappe, de Grandpré, du Rhin, de la Mozelle, d'Arcole, de La Paix, de Buonaparte, elle décidera en même temps, s'il convient de faire ces changements dans chaque quartier.

Il existoit bien une rue dite Princesse, mais ce nom a été effacé, il y a plusieurs années et il y a été substitué celui de la Justice.

L'Administration municipale du 2ᵐᵉ arrondissement désireroit aussi qu'on changeât le nom du quay des Augustins, sur le fondement qu'il tire son origine d'une corporation religieuse supprimée. Si l'on vouloit dépouiller tous les moines et les saints de leur noms dans les rues de Paris, ce changement deviendroit presque général et entraîneroit trop d'inconvéniens. Ils seront facilement sentis par cette Administration municipale : on lui écrira en conséquence, à moins que l'Administration n'adopte ce changement.

Enfin, l'Administration municipale du 8ᵐᵉ arrondissement invite l'Administration à prendre en considération la pétition du citoyen Pommereul, général de division, qui demande le changement de la rue Maur où il demeure : il le prétend nécessaire parce que cette rue possède, dit-il, plusieurs noms et que aucuns ne sont gravés sur ses encoignures ce qui occasionne de la confusion.

Il est vrai que, sur la même direction, on trouve la rue Maur et des Morts qui prend ensuite celui du chemin Denis, rue Blanche et rue du Baspincourt, mais ces trois rues, qui, par leur prolongement semblent n'en faire qu'une, sont placées dans l'arrondissement de trois municipalités différentes, de manière, que si elles portoient toutes trois le même nom, cela jetteroit aussi de la confusion.

On croit donc qu'il est convenable de conserver ces dénominations et de les faire graver sur les encoignures de ces rues, afin d'éviter un plus grand embarras pour les habitants.

Projet d'arrêté.

L'Administration Centrale du Département de la Seine, lecture faite des pétitions qui lui ont été adressées, afin de changer la dénomination de certaines rues dans Paris.

Voulant effacer tout ce qui tend à perpétuer la Mémoire des cy-devant Princes.

Ouï le Commissaire du Directoire exécutif,

Arrête :

Que la rue de Valois, quartier du Palais-Égalité, prendra le nom de rue du Lycée.

La rue de Beaujolois, sise même quartier, celui d'Arcole.

La rue de Chartre, située aussi même quartier, delui de la rue de Malthe.

Et la rue Montpensier, celui de Quiberon.

Arrête, en outre, que la rue Maur ou des Morts, conservera le nom de rue Maur, dans toute l'étendue de la municipalité du 5me arrondissement.

Celui de la rue du Chemin Denis, dans toute l'étendue de la municipalité du 6me arrondissement.

Celui de la rue du Baspincourt, est également conservé dans l'étendue de la municipalité.

Le citoyen Molinos fera graver ces noms partout ou besoin sera.

Fait au Département, le 2 Thermidor an VI de la République française une et indivisible.

DÉNOMINATION DES RUES.

12 Thermidor an VI, 30 juillet 1798.

PROJET D'ARRÊTÉ.

L'Administration centrale du Département, s'étant fait représenter son arrêté du 2 de ce mois, concernant le changement de nom des rues de Chartres, Beaujolois et passage de Valois, près le Palais-Égalité.

Voulant aussi changer la dénomination des autres rues qui porteront ces mêmes noms.

JÉNOMINATIONS PROPOSÉES.

RUES :

e Mantoue.
e Kehl.
e l'Aérostat.
e Trieste.
u Tirol.
e Torvis.
Jisalpine.
.igurienne.
e l'Helvétie.
Jatave
le l'Irlande.
tomaine.
le Henin.
Javale.
lu Rhin.
le la Moselle
le Jemmapes
le Grandpré.
le l'Adige.
Jange.
le Raphaël.
Marceaux.
)uphot.
lu Tyrol.
les Alpes.

Le Commissaire du Directoire exécutif, entendu,

Arrête :

1° Que la rue de Chartres, située à Monceau, prendra le nom de rue de Mantoue ;

2° Celle de Valois, sise aussi à Monceau, celle de rue Cisalpine ;

3° Et celle aussi dite de Valois, située sur le terrein dit des Quinze-Vingts, quartier St-Honoré, celui de rue Batave ;

4° Celle de Rohan, sise sur le même terrein, celui de Marceaux ;

5° Celle de Beaujolois, située sur les mêmes dépendances, celui de rue Hoche ;

6° Et celle dite aussi de Beaujolois, sise près celle de Bretagne, 6me arrondissement municipal, celui de rue des Alpes ;

Le citoyen Molinos, demeure chargé de l'exécution du présent arrêté.

Fait en Département, le 12 Thermidor, an VI de la République française une et indivisible.

PIÈCES JUSTIFICATIVES

CLASSÉES ALPHABÉTIQUEMENT

Etablissements et rues

Angoulême (Rue d').

Département des Travaux publics, 9 septembre 1790.

Vu le mémoire présenté par le Sr Pia tendant à ce qu'il soit incessamment donné les nivellements et alignements nécessaires auxquels donne lieu l'ouverture d'une nouvelle rue sur le boulevard vis-à-vis de la rue d'Angoulême ;

Notre ordonnance du 4 mai dernier portant que nous nous transporterons sur les lieux, le lendemain 5 mai, avec les sieurs Poyet, architecte du roi et de la ville de Paris, et Girault, conseiller du roi, l'un des commissaires généraux de la voierie, pour être par eux et en notre présence et encore en celle des parties intéressées duement averties, procédé aux nivellements et alignements à donner à la rue d'Angoulême et à la nouvelle rue servant de prolongement à icelle, jusques sur le rempart en face de la rue de Saintonge ou à peu près.

Vu aussi le rapport dudit Sr Poyet contenant les mesures prises en notre présence ledit jour 5 mai et en la présence du Sr Gobert l'un des commissaires généraux de la voirie, faisant pour ledit Sr Girault et en celle des Srs Jolly, Charonnat, Coultois et Piat propriétaires intéressés auxdites opérations.

Et enfin notre procès-verbal fait sur lesdits lieux, le même jour 5 mai dressé sur le rapport dudit Sr Poyet, à mesure des opérations par lui faites pour parvenir auxdits nivellements et alignements,

Et les lettres patentes contenant la disposition des rues à former sur le terrain des marais du Temple, du 16 octobre 1781, registrées le 26 février 1782.

Pour donner à la nouvelle rue formée sur l'emplacement des maisons démolies qui donnaient sur le rempart la largeur de 36 pieds prescrite par lesdites lettres patentes pour la rue d'Angoulême et son prolongement sur ledit rempart, il y aurait 8 pouces à retrancher de l'encoignure de la maison appartenant au Sr Courtois, traiteur, et 5 pouces également à retrancher sur celle appartenant au Sr Charonnat, que ces retranchements contre lesquels, lesdits sieurs Courtois et Charonnat réclament à juste titre comme altérant leurs propriétés, parce que dans la vente qu'ils ont faite des bâtiments démolis pour donner ouverture à la nouvelle rue aux acquéreurs emphytéotes des terrains des marais du Temple, ils n'ont entendu céder auxdits acquéreurs que le terrain couvert par ces bâtiments, sans égard aux dimensions prescrites par lesdites lettres patentes qui ne les regardent pas ; que ces retranchements mêmes ne rempliraient pas l'objet principal qui est d'aligner au moins obliquement la nouvelle rue avec celle de Saintonge ; ce qui ne peut s'obtenir qu'en retranchant 3 pieds 9 pouces 8 lignes sur l'encoignure de la maison du s^r Courtois, et en reportant sur celle du Sr Charonnat 7 pieds 3 pouces.

Qu'à l'égard du nivellement de la nouvelle rue il convient de relever celui de la rue des Fossés-du-Temple, de 20 pouces et qu'en prolongeant ce niveau de celui de la rue d'Angoulême et de ce point à la chaussée du boulevard, il y aura 3 pouces 9 lignes de pente, suffisante pour établir celle convenable dans cette nouvelle rue ; qu'à partir du point de rencontre des ruisseaux de la rue d'Angoulême et de la rue des Fossés-du-Temple, jusqu'à l'égout presqu'en face de la rue de Crussol, au moyen de ladite élévation de 20 pouces à donner à ce point, les eaux de cette partie de la rue des Fossés-du-Temple, se jetteront dans ledit égout avec 4 pouces 1/2 de pente par toise, qu'à partir du même point, le heurt causé par ledit surélèvement de 20 pouces, forcera les eaux de cette partie de la rue des Marais

à s'écouler dans l'égout qui est presqu'en face de la rue de la
Tour ; ce qui n'oblige aucun changement dans la maison du
Sʳ Pia ; qu'enfin si, d'après ces opérations, l'alignement de la
nouvelle rue avec celle d'Angoulême et celle de Saintonge n'est
pas complet, il peut néanmoins subsister jusqu'à ce que la face
des maisons des Sʳˢ Courtois et Charonnat soient reconstruites
et que, par les retranchements et rechargements indiqués, l'on
soit à portée de les perfectionner.

En conséquence, Nous ordonnons que la rue nouvellement
percée servant de prolongement à celle d'Angoulême jusqu'en
face de celle de Saintonge donnant d'un bout au midi sur le
rempart, de l'autre bout au nord dans celle des Fossés-du-
Temple sera et demeurera provisoirement ouverte dans la
dimension où elle se trouve aujourd'hui et cela sans entendre
déroger auxdites lettres patentes qui prescrivaient une largeur
de 36 pieds, tant à la rue d'Angoulême qu'à la nouvelle qui
doit lui servir de prolongement, sauf à donner auxdites lettres
patentes leur pleine et entière exécution aussitôt que les
circonstances le permettront ; que les propriétaires emphitéotes
et autres riverains desdites rues d'Angoulême, de celle lui
servant de prolongement, seront tenus de les faire paver dans
l'espace de un mois, à compter de la date de la présente par
l'entrepreneur du pavé de la Ville de Paris et non par d'autres,
à leurs frais et en pavés d'échantillon, conformément aux traités
faits pour cette entreprise, sauf à la municipalité de se charger
par la suite du relèvement et entretien dudit pavé, de l'enlèvement des boues et de l'illumination de ces rues ; que, dans
l'opération du pavage, les nivellements par nous indiqués ci-
dessus, ainsi que le relèvement de 20 pouces au point de rencontre des ruisseaux de la rue d'Angoulême avec celui de la
rue des Fossés-du-Temple, seront strictement observés, ainsi
que tous autres points d'alignement, nivellement et raccorde-
ment ; que lesdits riverains se conformeront aux lois et règlements de la voirie sous les peines y portées ; que, dans le cas
où, soit à présent, soit à l'avenir, les acquéreurs emphytéotes
desdits terrains des marais du Temple seraient obligés à faire le
sacrifice d'aucune portion du terrain par eux acquis pour donner
l'entière exécution auxdites lettres patentes du 16 octobre 1781,

relativements aux alignements et dimensions des rues y énoncés, il sera pourvu à leur indemnité par le prieuré du Temple en faveur de qui lesdites lettres patentes ont été accordées, et qui ont dû régler impérieusement la vente emphytéote que l'administration dudit prieuré a dû faire de diverses portions de terrain dudit marais du Temple ; que la présente sera adressée à M. le Procureur syndic pour être par lui requis qu'elle sera déposée au greffe de la municipalité, ainsi que les plans, mémoires, demandes, rapports et procès-verbal relatifs à l'ouverture de ladite rue de prolongement ; avec invitation à mondit sieur procureur syndic de se transporter au plus prochain jour sur la susdite rue nouvelle, à l'effet de procéder à la réception d'icelle et déterminer ce qu'il conviendra d'ordonner pour l'illumination de la rue d'Angoulème et celle nouvellement percée, à l'enlèvement des boues aussitôt qu'elles seront pavées, le tout en présence du département.

Fait en département, le 9 septembre 1790.

ESTIENNE, administrateur, etc.

AUGUSTINS (Quai des Grands-).

7 Prairial, an VI (26 mai 1798).

Aux administrateurs du département de la Seine.

Citoyens administrateurs,

Vous avez, d'après notre demande, changé le nom du cul de-sac Notre-Dame-des-Champs en celui de rue de Fleurus, et par ce changement vous avez satisfait tous les habitants du quartier. Nous avons à vous faire une demande du même genre.

Le quay des Augustins est très improprement appelé quay des Augustins. La Constitution ayant supprimé toutes les corporations religieuses, il n'y a plus d'église, plus de couvent sur ce quai, il n'y a plus de moines surtout, il n'y a plus que des citoyens. Ne croyez-vous pas, en conséquence, que ce quay devrait être débaptisé ? Ne croyez-vous pas qu'on devrait lui donner un nom analogue aux sentiments des Républicains qui l'habitent ? Ce quay est voisin de la rue de Thionville, nom qui rappelle une des victoires les plus éclatantes de la République. Ne croyez-vous pas que le nom du général Ferrand qui a si bien défendu la ville de Valenciennes et qui a longtemps demeuré sur le quai des Augustins, conviendrait à un quai voisin de la rue de Thionville ? Nous nous en rapportons à votre sagesse.

Nous vous observons, cependant, qu'il est temps d'effacer sur les murs de la plus grande commune de la République toutes les traces du fanatisme et du royalisme, de passer l'éponge sur tous les emblèmes féodaux ; c'est peut-être le seul moyen de les effacer de tous les cœurs. C'est par les yeux que les souvenirs se perpétuent ; ne leur offrons rien qui ne puisse inspirer à l'âme de nobles et généreux sentiments.

Salut et fraternité.

SILLAN, CUMIÈRES et AMORY.

BONNE-NOUVELLE (Cimetière de).

Séance du 9 juillet 1793

Sur le rapport des administrateurs au département des Travaux publics, concernant les plaintes des habitants voisins du cimetière de Bonne-Nouvelle et sur la nécessité de le transférer hors Paris.

Le Corps municipal, considérant que les grandes fosses pratiquées dans ledit cimetière qu'on laisse ouvertes longtems et qui recèlent à la fois un grand nombre de corps en pleine putréfaction, donnent lieu à des émanations qui se répandent dans les maisons dont il est environné ainsi que sur les boulevards, que l'expansion de ces vapeurs dans les caves des maisons est facilitée par la nature du sol composé de gravois dont le terrassement imparfait offre des vides qui leur donnent un libre passage, que ces mêmes fosses sont trop voisines des fondations des bâtimens, que d'ailleurs ledit cimetière a trop peu d'étendue pour qu'on puisse continuer d'y recevoir les morts des paroisses de Bonne-Nouvelle, Saint-Laurent et Saint-Merry, dont il est aujourd'hui le lieu de sépulture.

Considérant, enfin, combien il importe à la salubrité de l'air de hâter la consommation des corps qui reposent dans les grandes fosses, de les faire combler et d'en interdire le renouvellement, afin que l'usage dudit cimetière puisse être conservé sans inconvénient jusqu'à ce que la translation hors la ville puisse être opérée.

Arrête, le Procureur de la Commune entendu;

Que dans huitaine à compter de ce jour les deux grandes fosses pratiquées dans le cimetière de Bonne-Nouvelle, seront aux frais des habitants de chacune des paroisses qui y ont établi leur sépulture, comblées de chaux vive qui sera éteinte sur chacune desdites fosses afin d'accélérer la consommation des corps qui y sont inhumés, qu'il ne pourra plus être pratiqué dans ledit cimetière que des petites fosses contenant au plus six cadavres, qui ne pourront rester ouvertes que pendant huit jours, et qu'attendu l'insuffisance dudit cimetière, les corps de la paroisse St-Médéric cesseront d'être inhumés à compter du jour où le présent arrêté aura été notifié aux habitants de cette paroisse, et que leur sépulture sera transférée, à compter du même jour, dans le cimetière dit de Scipion.

Le Corps municipal charge les administrateurs au département des Travaux publics, de maintenir l'exécution du présent arrêté qui sera notifié aux habitants desdites paroisses Bonne-Nouvelle, Saint-Sauveur et Saint-Médéric à la diligence du Procureur de la Commune.

Registres du Corps municipal. R. 40. Page 6656.

CITÉ (Quai de la).

ADMINISTRATION CENTRALE

QUAI DESAIX.

Celui de Pelleterie aujourd'hui Desaix vient d'être définitivement arrêté, mais il deviendra nécessaire d'y ajouter un autre
quai en prolongement de celui des Orfèvres le long du marché
neuf et la démolition des maisons du Pont Saint-Michel et des
bâtimens de l'Hôtel-Dieu qui s'opposent à la circulation des
bords de la rivière dans cette partie. Ce ne pourra être qu'après
un déblaiement que Paris prendra véritablement un aspect
imposant, que sa grandeur se manifestera aux yeux de l'étran-
surpris et que l'on pourra purifier ses quartiers infects.

DÉLIBÉRATION.

Le Conseil arrête d'exprimer son vœu :
1° Pour la construction déjà arrêtée du quai Desaix;
2° Pour celle d'un autre quai en prolongement de celui des
Orfèvres le long du marché neuf.

COLONNES (Rue des),

15 frimaire an III (5 décembre 1794.

Extrait d'un contrat de vente faite par le Domaine national le
15 frimaire an III d'une maison tenant à droite à la maison de
la dame Langlois, sur la rue et le long de la maison, sur le
jardin à la salle de spectacle dite de Monsieur, sur la rue Feydeau, à la maison neuve bâtie sur cette rue en retour à la maison
dite le petit hôtel de Richelieu et ensuite jusque sur la rue des
Filles-Saint-Thomas, à gauche de la maison de l'Hôtel-Dieu.
Autre maison dans la rue Feydeau. Adjudicataires : Antoine

Richard, rue du Gros-Chêne, 43 ; Antoine-Jean-Job Baude-court, à l'Arsenal. Prix : 82,800 livres.

Les acquéreurs de ladite maison et terrain en dépendant ont le projet de la démolir et d'y ouvrir une nouvelle rue de 24 pieds de large, pour conduire de la rue des Filles-Saint-Thomas à celle Feydeau ; le surplus du terrain doit être employé à cons-truire douze autres maisons qui borderont les deux côtés de ladite rue.

Il doit être pratiqué dans la nouvelle construction, et de chaque côté de la rue, des *galeries publiques* de six pieds de largeur, qui règneront dans la hauteur du rez-de-chaussée et des entresols ; ces galeries seront soutenues par des *colonnes* surmontées d'arcades en plein cintre, formant en tout trente-six travées de chaque côté : chaque travée doit être répétée sur les murs des boutiques par des piliers et arcades de même style que celles du devant.

Ces maisons doivent être élevées de trois étages carrés au-dessus du rez-de-chaussée et des entresols et couvertes d'un comble en ardoises.

Les entresols seront disposés pour les différentes boutiques auxquelles ils correspondent et les étages supérieurs doivent être distribués en différens appartemens décorés dans un genre simple et commode.

Il sera pratiqué des logements dans les combles applicables soit à l'usage des appartemens des autres étages ou à tel autre qui conviendra mieux aux intérêts des propriétaires.

Ces maisons seront élevées sur un étage de caves voûtées en maçonnerie et distribuées de manière à pouvoir être applicables à l'usage des différentes locations.

Les colonnes, piliers et arcades des galeries seront construits en pierre dure jusqu'au niveau du plancher bas du premier étage, les murs de face au-dessus, jusques et y compris la cor-niche, seront en Saint-Leu ; toutes les cloisons de refend se-ront érigées sur un   d'assises en pierre dure, etc....

Le sol des galeries sera pavé en grès, etc. ..

Nouveaux ouvrages commencés.

En conséquence du projet précédemment décrit, la nouvelle rue a été ouverte sur une partie de sa longueur et les huit premières maisons en partant de la rue Feydeau ont été érigées et élevées jusqu'à la hauteur du plancher bas du premier étage, etc.

Autorisation pour continuer les ouvrages suspendus.

L'état où se trouvaient les constructions lors de la condamnation d'Évrard et les dégradations auxquelles elles auraient été exposées si leur interruption eût été prolongée jusqu'à l'époque de l'adjudication définitive des droits d'Évrard, l'un des co-propriétaires, détermina le Bureau du Domaine national à autoriser, par un arrêté du 7 fructidor, les citoyens Richard et Baudecourt (qui étaient associés de Saint-Jean dit Évrard), approuvé par la Commission des revenus nationaux, et sur la demande qu'ils en firent, à les continuer à leurs frais et sous la surveillance d'un commissaire artiste, etc.

Les co-associés souscrivirent le 9 septembre 1793 devant Maine, notaire public du département de Paris, avec le citoyen Marie-Bernard Chagot-Defays, propriétaire de la salle de spectacle de la rue Feydeau, un traité duquel il résulte :

1° Qu'il doit être ouvert aux frais de l'administration dudit spectacle un passage pour conduire de la galerie du Théâtre à celle que font construire lesdits Richard et consorts, etc.

COLONNES (Rue des).

26 floréal an VI (15 mai 1798).

ADMINISTRATION CENTRALE.

Séance du 26 floréal an VI.

L'administration centrale du département de la Seine ; vu la pétition du citoyen Baudecourt afin de faire comprendre dans le nombre des rues nouvellement ouvertes dans Paris, la communication qu'il a pratiquée sans autorisation entre la rue des Filles-Saint-Thomas et celle Feydeau et que le pavé, l'illumination et le nettoiement de cette communication soient exécutés aux frais de l'administration ; 2° le plan y annexé duquel il résulte que le vuide entre les bâtimens qui bordent ce passage a 24 pieds de largeur et qu'il existe sous ces bâtimens des galeries couvertes de 9 pieds de chaque côté ; 3° la lettre du ministre de l'intérieur du 8 nivôse, portant renvoi de cette affaire au département ; 4° l'avis des artistes de l'administration tendant à favoriser l'usage de cette communication à cause des avantages qui peuvent en résulter pour le public.

Considérant que la déclaration du 10 avril 1783 (V. S.), maintenue par le code de police municipale du 22 juillet 1791 et non abrogée par le nouveau code des délits et des peines, interdit l'ouverture des rues nouvelles sans une autorisation expresse et à moins de trente pieds de largeur, dans la vue de faciliter la libre circulation de l'air et du soleil, pour évaporer l'humidité du sol et maintenir la salubrité, autant que pour la libre circulation des voitures et que le but de la loi serait manqué si l'on considérait comme partie intégrante d'une rue des galeries couvertes parce que le soleil et l'air ne peuvent y circuler comme sur un sol découvert, que le citoyen Baudecourt a d'ailleurs pratiqué cette ouverture sans aucune autorisation et que sous ces différens rapports cette communication ne peut être considérée que comme une cour ou passage particulier.

Ouï le Commissaire du Directoire exécutif, arrête : 1° qu'il n'y a lieu à délibérer sur la pétition du citoyen Baudecourt ;

2° qu'il sera tenu dans le mois, à compter de la notification des présentes, de faire poser à chaque extrémité de cette communication des portes ou des grilles qu'il fermera pendant la nuit, aux heures prescrites par les règlemens de police, si non qu'il en sera établi à ses frais ;

3° Le Commissaire du Directoire exécutif près le Tribunal de police correctionnelle est chargé de l'exécution du présent arrêté dont il sera adressé une expédition au Ministre de l'Intérieur.

L'Échiquier, d'Enghien et d'Hauteville (Rues de)

Bureau de la Féodalité.

19 septembre 1791.

Les dames religieuses Filles-Dieu, propriétaires d'un terrain considérable, situé entre la rue Poissonnière et la grande rue du Faubourg-Saint-Denis, en ont vendu une très grande partie à M. Goupy, entrepreneur. Elles ont ensuite, conjointement avec lui, sollicité la permission de faire ouvrir sur ce terrain deux rues se croisant, l'une en face de la rue Bergère pour aller de la rue Poissonnière à la rue du Faubourg-Saint-Denis, l'autre pour communiquer de la rue de Paradis à la rue Basse-Porte-Saint-Denis.

Sur leur requête commune, il a été rendu au Conseil des dépêches, le 13 août 1777, un arrêt qui a autorisé les religieuses Filles-Dieu et le sieur Goupy à faire ouvrir, à leurs frais et dépens, les deux rues en question, à la charge d'obtenir le consentement des propriétaires dont il serait nécessaire d'entamer les possessions, et de donner à ces rues trente pieds de largeur au moins. L'arrêt du Conseil a été suivi de lettres patentes en date du 14 octobre 1772.

De nouvelles lettres patentes du 8 août 1783 ont autorisé les religieuses Filles-Dieu à faire l'ouverture d'une troisième rue, sous le nom d'*Enghien*, et donner d'autres noms aux deux premières rues.

Une des trois rues, celle qui communique de la rue Poissonnière à la rue du Faubourg-Saint-Denis, est actuellement ouverte sous le nom de l'*Échiquier*; la seconde, appelée d'*Hauteville*, devant aller de la rue de Paradis à la rue Basse-Porte-Saint-Denis, est tracée et remblayée en partie, sans être pavée : les travaux ont été arrêtés à trente toises à peu près de la rue Basse-Porte-Saint-Denis par des bâtimens et terrains pour lesquels il fallait payer des indemnités. Il s'agit de la continuation de cette dernière rue et de l'ouverture de la rue d'Enghien.

Les propriétaires à qui les religieuses Filles-Dieu ont vendu des terrains, avec l'espérance de l'ouverture des trois rues, et qui ont payé un prix proportionné, la demandent ; l'intérêt de la nation sollicite également cette ouverture pour donner plus de valeur à beaucoup de portions de terrains qui restent à vendre : elle est d'ailleurs forcée par le procès-verbal d'estimation des marais des Filles-Dieu, dans lequel la combinaison des terrains a été faite pour les trois rues et par le décret de vente des mêmes terrains à la Municipalité, conformément au procès-verbal d'estimation.

Mais, avant tout, il faut que la dame Menars et les héritiers de la demoiselle Bailly, propriétaires de bâtimens et terrains qui doivent être pris pour l'alignement de la rue Hauteville, du côté de la rue Basse-Porte-Saint-Denis, et les sieurs Jolybois et Heurtault, propriétaires de terrains destinés à cette rue, du côté du Faubourg-Saint-Denis, soyent indemnisés.

Il paraît que l'on pourra prendre sans indemnité une partie des bâtimens des héritiers de la dame Bailly, parce qu'ils ont été construits sur un terrain concédé par la Ville de Paris à la fabrique de Bonne-Nouvelle, avec la faculté de pouvoir y entrer toutefois et quand il serait nécessaire de satisfaire à un objet public, sans qu'il y ait lieu à aucune indemnité, suivant un bail à rente du Bureau de la Ville du 21 février 1759, en forme de jugement.

L'engagement des religieuses Filles-Dieu établi par l'arrêt et lettres patentes susdatées pour l'ouverture des trois rues, est devenu un engagement national, puisque la nation succède aux engagemens des maisons religieuses et elle l'a contracté particulièrement en adoptant pour l'aliénation des marais des Filles-Dieu l'ouverture des trois rues : c'est, en conséquence, à la nation d'acquitter les indemnités qui seront dues pour les terrains et bâtimens particuliers compris dans l'alignement des rues projetées et cela avec d'autant plus de raison que la nation doit profiter de l'augmentation de la valeur des terrains dont il s'agit par l'ouverture des rues.

Le sieur Bernard, architecte, a levé le plan de la rue d'Hauteville et en a donné l'alignement. Son procès-verbal du 29 juillet 1791 indique des portions de bâtimens et terrains appartenant aux héritiers de la dame Bailly et à la dame Ménars qui doivent entrer dans la rue Hauteville et pour lesquels il faut payer une indemnité.

Il est encore nécessaire de prendre, pour la rue d'Enghien projetée, des portions de terrains et bâtimens appartenant aux sieurs Jolybois et Heurtault, du côté de la rue du Faubourg-Saint-Denis, à la charge d'indemnité.

Une lettre écrite le 26 mars 1791, du département des travaux publics, annonce les demandes pressantes faites à cette époque par les propriétaires de portions de marais des Filles-Dieu pour l'ouverture de la rue Hauteville et le renvoi fait à l'administration par ce département, les diligences à faire pour rendre libre l'emplacement nécessaire à la rue par des acquisitions ou des indemnité.

Il y a lieu d'arrêter :

Vu l'arrêt du conseil du 15 août 1772, le plan y annexé ; les lettres patentes du 14 octobre 1772, celles du 8 août 1783, le procès-verbal d'estimation des marais dits des Filles-Dieu, le décret du 29 novembre 1790 par lequel les marais ont été vendus à la municipalité avec la combinaison des trois rues, la lettre du département des Travaux Publics du 26 mars 1791, le procès-verbal et le plan du sieur Bernard, architecte, du 29 juillet 1791, et le mémoire des propriétaires riverains ;

1° Qu'il est nécessaire que la rue d'Hauteville ouverte sur les marais, dépendant ci-devant des religieuses Filles-Dieu, entre les rues de Paradis et Basse-Porte-Saint-Denis, soit achevée et que la rue d'Enghien seulement projetée sur les mêmes marais entre les rues Poissonnière et du Faubourg Saint-Danis, soit entièrement ouverte ;

2° Qu'il sera demandé à la municipalité de Paris de céder gratuitement, attendu l'avantage qu'elle doit tirer de l'ouverture de trois rues dans l'enceinte de Paris, les droits résultant pour elle du bail à rente du vingt et un jànvier 1759, pour que la Nation puisse rentrer, au moins de frais possible, dans la possession du terrain qui y est compris et qui rentre dans l'alignement de la rue d'Hauteville ;

3° Qu'un des commissaires de l'administration des biens nationaux sera chargé de négocier dès à présent avec la dame Menars les héritiers Bailly, le sieur Jolybois et le sieur Heurtault l'abandon de leurs bâtimens et terrains nécessaires à la rue d'Hauteville et à celle d'Enghien et d'en faire faire l'estimation conjointement avec eux, pour être ensuite statué sur le paiement de leurs indemnités comme dettes nationales, et à cet effet adresser un avis au département par l'administration, le tout sous la réserve de compte à faire avec le sieur Goupy, chargé, conjointement avec les religieuses Filles-Dieu, des frais de l'ouverture des deux rues de l'Echiquier et d'Hauteville.

FIDÉLITÉ (Rue de la) (1).

9 nivôse an VII (29 décembre 1798). Page 1, registre 33.

ADMINISTRATION CENTRALE.

Séance du 9 nivôse an VII.

L'Administration centrale du département de la Seine ;

Vu la pétition du citoyen Bertrand, propriétaire d'un terrain dépendant de l'ancien cimetière Laurent, qui demande que la rue nouvellement percée sur ce terrain, laquelle a son entrée par le faubourg Saint-Denis et va aboutir à la place circulaire au-devant de la ci-devant église Laurent aujourd'hui nommée Temple de l'Hymen [*prenne le nom de rue de l'Hymen*] et que le même nom soit donné à la place circulaire en face de cet édifice.

Ouï le Commissaire du Directoire exécutif.

Arrête :

Que le Temple de l'Hymen est très respectable, mais la rue et la place de l'Hymen pourrait prêter à rire. Je préfère environner le Temple de l'Hymen des vertus nécessaires aux époux

---

(1) J'ai cru devoir donner ce texte bien qu'informe : les mots entre crochets ont été ajoutés par moi pour rendre la pièce intelligible. Il faut remarquer, en outre, qu'un arrêté du 22 vendémiaire an VII, 13 octobre 1798, consacrait l'église Saint-Laurent non à l'Hymen, mais à la Vieillesse. Le Temple de l'Hymen était Saint-Nicolas-des-Champs. Tout cela rend ce document assez suspect.

pour leur bonheur : comme nous n'avons qu'une rue à nommer, je propose de lui donner le nom de la Fidélité qui n'est pas moins nécessaire aux amants pour parvenir au Temple de l'Hymen.

La rue et place dont il s'agit prendront le nom de rue et place de la Fidélité.

Le citoyen Molinos, architecte, est chargé de l'exécution du présent arrête pour faire faire l'inscription de cette nomination.

Hanovre (Rue d').

12 vendémiaire an III (3 octobre 1794).

RAPPORT A LA COMMISSION DES TRAVAUX PUBLICS.

Le citoyen Cheradame sollicite depuis longtemps une autorisation pour l'ouverture de deux rues sur les terrains du ci-devant hôtel de Richelieu; dont l'une en prolongement de la rue projettée Choiseul aboutirait rue des Picques et l'autre partirait de l'angle de la fontaine dite de Richelieu et aboutirait aussi dans la rue des Picques à l'extrémité du prolongement de la rue projettée.

Il avait sollicité en même temps la suppression de l'égout dit de Richelieu et la permission de faire écouler les eaux qu'il recevait dans la seconde de ces nouvelles rues, et de les reporter dans l'égout de la rue des Picques par un embranchement formé sur son terrain et à ses frais.

Il avait aussi demandé que le prolongement de la rue projettée dite de Choiseul ne fut exécuté que sur vingt-quatre pieds de largeur, mais il s'était soumis à donner trente pieds d'ouverture à l'autre rue et à pratiquer des trottoirs.

La ci-devant Municipalité à laquelle ces demandes furent soumises ajourna celle qui concernait l'ouverture du prolongement de la rue de Choiseul sur vingt-quatre pieds, sans cependant prendre d'arrêté à cet égard; et elle fonda cet ajournement sur le règlement du 10 avril 1783 qui porte que toutes les rues nouvelles auront trente pieds de largeur.

10

Les administrateurs des travaux publics avoient cependant appuyé la pétition du citoyen Cheradame et ils s'étaient fondés sur un arrêté du Bureau municipal en date du 19 avril 1792 approuvé par le département le 12 mai suivant qui a autorisé le citoyen Cottin à ouvrir sur vingt-quatre pieds de largeur celles des rues nouvelles qui bordent la nouvelle salle d'Opéra, attendu qu'au moyen de la démolition d'une maison elle doit former le prolongement de la rue de Chabanais qui n'est ouverte que sur vingt-quatre pieds.

Le citoyen Cheradame expose anjourd'hui à la Commission que plein de confiance dans la promesse des administrateurs des travaux publics et regardant comme des principes qu'on devait appliquer à toutes les demandes qui offriraient de la similitude, les dispositions arrêtées par le Bureau municipal et par le département relativement au prolongement de la rue Chabanais, il ne pouvait pas s'attendre que la municipalité, sans avoir égard à ces dispositions, ajournerait le prolongement de la rue projettée Choiseul. Il ajoute, que fort de pareilles autorités, il a fait procéder à l'ouverture des deux rues, à la suppression de l'égoût et à la formation d'un embranchement sur son terrain pour porter les eaux dans l'égoût de la rue des Picques ; qu'il a vendu des portions de terrain avec la promesse que ces communications seraient ouvertes, l'une sur vingt-quatre pieds et l'autre sur trente, qu'enfin toutes ces dispositions étaient exécutées lorsque sa demande a été ajournée par la municipalité et que, si la Commission ne venait pas à son secours, la versalité des délibérations municipales l'exposerait à la résiliation des marchés qu'il a passés et à des dommages et intérêts envers les acquéreurs ; il prie en même temps la Commission de prendre en considération, qu'il a déjà été exercé des poursuites contre lui par quelques-uns de ces acquéreurs.

La rue que le citoyen Cheradame propose d'ouvrir sur trente pieds de largeur à partir de la place dite de Richelieu, jusqu'à la rue des Picques à la rencontre du prolongement de la rue projettée Choiseul, ne peut souffrir aucune difficulté attendu qu'on ne peut priver aucun citoyen de disposer à son gré de sa propriété lorsqu'il se conforme aux règlements.

La suppression de l'égoût et la construction d'un embranchement pour conduire les eaux dans la rue des Pieques ne peut également rencontrer aucuns obstacles, il a même été constaté que depuis que le citoyen Cheradame a fait exécuter à ses frais le relevé à bout de la place de Richelieu et qu'il en a fait dresser les pentes de la manière la plus favorable à l'écoulement des eaux, la place dont il s'agit ne se trouve plus engorgée lors des orages et qu'il en résulte un grand avantage pour le public et surtout pour les habitations voisines.

On propose, en conséquence, à la Commission d'approuver les dispositions faites par le citoyen Cheradame tant pour cette rue que pour l'égoût.

A l'égard du prolongement de la rue projettée Choiseul, le citoyen Cheradame a le droit de se plaindre de ce que la municipalité s'est opposée à ce qu'il ouvrît sur vingt-quatre pieds ce prolongement de rue, lorsque le Corps administratif, ainsi que le département ont arrêté comme principe relativement à la rue du citoyen Cottin destinée à prolonger la rue Chabanais jusque dans celle de Louvois, que les prolongements des rues de 24 pieds devaient être exceptés des dispositions du règlement du 10 avril 1783. En ce qui concerne la largeur des nouvelles communications à ouvrir, on peut encore ajouter à l'appui des observations du citoyen Cheradame que le département de Paris malgré le règlement du 10 avril 1783 a, par un arrêté du 12 février 1792, autorisé le citoyen Tracy à faire enlever les grilles que l'ancienne administration l'avait obligé de poser aux deux extrémités d'un passage de 20 pieds de largeur connu sous le nom de passage de Tracy, communiquant de la rue Denis à celle du Pontceau et que le département par cet acte a converti en une rue un passage de vingt pieds de largeur beaucoup plus long et plus fréquenté que le prolongement de rue que le citoyen Cheradame demande à ouvrir sur vingt-quatre pieds de largeur et sur trente toises seulement de longueur.

La Commission est invitée d'après toutes ces réflexions à statuer sur les trois chefs de demande du citoyen Cheradame.

Ce 12 vendémiaire an 3ᵉ de la République française une et indivisible.

Approuvé.

RONDELET, LE CAMUS.

Honoré (Marché Saint-).

18 Floréal, an VI (7 mai 1798).

L'administration Centrale, le Commissaire du Directoire exécutif entendu, considérant que les motifs les plus puissans se réunissent pour accélérer l'exécution de la Loi ci-dessus rappellée, considérant que la réunion des marchands de toutes espèces de denrées dans les rues Honoré, Traversière et autres adjacentes et l'engorgement qu'éprouve à chaque instant la circulation dans le quartier le plus populeux et le plus fréquenté de cette grande commune sont la source ou l'occasion d'accidens qui compromettent la sûreté des citoyens; que, dans cet état de choses, l'action de la police ne peut qu'être infiniment gênée et souvent insuffisante pour la repression d'une foule d'abus.

Considérant que l'amas des denrées de toute nature et les séjours d'eaux croupissantes dans les rues étroites et élevant des exhalaisons dont les influences sont pernicieuses pour la santé des citoyens que, sous ce rapport de l'insalubrité, l'établissement du marché dans l'emplacement indiqué n'est pas moins intéressant; considérant que ces motifs assez puissans en eux-mêmes sont encore fortifiés par la considération de l'intérêt public, que l'emplacement des Jacobins est trop vaste pour être utilement employé à l'établissement d'un marché qu'il est d'une bonne politique de combiner l'exécution de la loi de manière à indemniser le Trésor Public d'une partie de ce précieux local par une distribution sage et intelligente qui remette dans le commerce les parties qui seraient jugées disponibles, que le citoyen Moitte paraît avoir parfaitement satisfait à cette idée, que le plan qu'il a dressé réunit les conditions propres à concilier les intérêts des citoyens, du commerce et du trésor public.

Adopte le plan présenté par ledit citoyen Moitte, l'un des architectes, en conséquence arrête que ledit citoyen Moitte pro-

cédera sans délai à l'estimation de la partie de l'emplacemen
des ci-devant Jacobins de la rue Honoré qui se trouve dispo-
nible dans les rues de son plan, qu'il établira le plus grand
nombre de divisions possible pour procurer une vente plus avan-
tageuse en la mettant à portée de tous les genres de spécula-
tions et qu'il prendra auprès du Conseil des Bâtimens civils tous
les renseignements nécessaires pour faire concorder son travail
avec les projets de percemens de rues ; qu'il sera du tout dressé
procès-verbal avec un double plan dont l'un sera envoyé au
ministre des finances avec ledit procès-verbal et expédition du
présent pour avoir son approbation, et l'autre restera déposé
dans les Bureaux et pour l'exécution du présent dont copie
conforme sera envoyée audit citoyen Moitte.

Fait en Département à Paris, le dix-huit Floréal an 6 de la
République Française une et indivisible.

FOURNIER, LEBLANC, LEFEBVE, DUMAS et JOUBERT.

Vu : MATHIEU, Commissaire du Directoire.

HOPITAL MILITAIRE

rue des Récollets.

17 Ventose 1794 (7 mars 1794).

ADMINISTRATION CENTRALE.

Le Département sur la motion d'un de ces membres arrête
que l'hospice appelé ci-devant du *Nom de Jésus* portera le nom
d'hospice des Vieillards (Faubourg du Nord).

(Page 69 *bis*, volume 6).

HÔTEL-DE-VILLE (Place de l').

28 ventôse an XI (19 mars 1803).

Le préfet du département de la Seine,

Arrête :

ARTICLE PREMIER.

La place de Grève portera désormais le nom de place de l'Hôtel-de-Ville.

ARTICLE 2.

Les jugements rendus par le Tribunal criminel cesseront à compter du 1er germinal, d'être exécutés sur la place de l'Hôtel-de-Ville ; ils le seront à dater dudit jour sur l'emplacement de la Bastille.

ARTICLE 3.

Le présent arrêté sera soumis à l'approbation du Grand Juge, ministre de la Justice, et néanmoins ses dispositions seront provisoirement exécutées pendant la durée de l'Assemblée électorale du département de la Seine tenant ses séances à l'Hôtel de Ville.

A l'effet de cette création provisoire, ampliations dudit arrêté seront adressées au commissaire du gouvernement par le Tribunal Criminel et à l'architecte inspecteur général du Conseil des bâtiments civils de la Préfecture et de la Ville de Paris.

Fait à Paris, le 28 ventôse an XI.

———

INNOCENTS (Fontaines des).

Séance du 18 juin 1793.

Sur le rapport des administrateurs des travaux publics, le Bureau municipal les autorise à faire payer au citoyen Danjou la somme de 500 l. faisant la moitié de la soumission par lui souscrite le 15 novembre 1790, conjointement avec le citoyen L'Huillier pour l'achèvement de la décoration et peinture de la fontaine des Innocens, lesdits ouvrages exécutés dans le cours de septembre 1791 et reçus par l'architecte et le contrôleur des bâtimens de la Ville, le 19 février dernier.

(*Registre municipal*, tome 51, page 85).

Louis (Pont-Saint).

Séance du 6 floréal an 2 (25 avril 1794).

Sur le rapport de l'administration des Travaux publics, relativement à la communication à établir entre les deux îles de la Fraternité et de la Cité, sur les observations faites qui pourraient résulter sur la reconstruction d'un pont en bois, le Corps Municipal arrête que ce pont sera en pierre.

Lille (Rue de).

Séance du 27 octobre 1792.

Le Conseil général, jaloux de prouver aux départements le désir qu'il a d'assurer, par toutes les marques de fraternité, l'unité de la République, dont toute la force est dans l'union,

Le Procureur de la Commune entendu,

Arrête que, dans huit jours, le Ministère public lui présentera quatre-vingt-deux rues, qui, choisies dans les sections, porteront le nom de quatre-vingt-deux départemens, et voulant encore donner un témoignage éternel de reconnaissance aux villes qui ont été les boulevards de la Liberté.

Arrête, en outre, que la rue Bourbon s'appellera la rue de Lille et la rue Dauphine la rue de Thionville.

Extrait des *Registres de la Commune*, tome XI, page 292.

II°

Paris, le 7 novembre 1792
(1er de la République).

VOIRIE

Objets généraux

N° 233
F° 139

Enregistré
à la
Comptabilité

En conséquence, citoyen, des arrêtés du Conseil général de la Commune des 27 et 28 octobre dernier, vous voudrez bien faire ôter les anciennes inscriptions des rues Dauphine et de Bourbon, pour substituer aux premières le nom de *Thionville* et aux secondes le nom de *Lille*, et nous prévenir du moment où l'opération de la pose se fera.

Au citoyen Poyet.

LULLI ET RAMEAU (Rues).

Arrêté du Bureau Municipal, approuvé par le Département le 12 mai suivant.

19 avril 1792.

I°

Sur le rapport des administrateurs au département des Travaux Publics, concernant la demande faite au Directoire du Département par M. Cottin d'une autorisation pour ouvrir sur un terrain qui lui appartient situé rue de Louvois : 1° une rue de trente pieds de largeur parallèle à ladite rue de Louvois et qui aboutira à l'une de ses extrémités à la rue de Richelieu et à l'autre extrémité à la rue St-Anne ; 2° une autre rue de vingt-quatre pieds de largeur formant le prolongement de rue Chabanois, ouverte depuis longtemps sur la même largeur de vingt-quatre pieds et qui la fera aboutir par la suite dans la rue de Louvois.

Le Bureau Municipal observe qu'il serait à désirer que toutes les rues nouvelles ne fussent qu'à la largeur de trente pieds, mais considérant que la rue Chabanois nouvellement formée, et dont une des rues proposées par M. Cottin doit faire la suite n'a que vingt-quatre pieds et qu'il semble naturel d'étendre l'exception faite pour la rue Chabanois à la nouvelle rue qui n'en sera que le prolongement avec d'autant plus de raison qu'il seroit à craindre, si on n'acquiesçait pas aux demandes de M. Cottin, qu'au lieu d'une rue il fît un passage qu'il fermerait de grilles à ses deux extrémités et alors cette opération pourrait nuire beaucoup à la circulation des voitures qu'il est nécessaire de tâcher de faciliter dans ce quartier.

Considérant aussi qu'il résultera des constructions qui seront élevées sur ces deux rues une augmentation considérable sur les produits des impositions foncière et mobilière et sur celui des sols aditionnels que l'accroissement des dépenses auxquelles ces deux rues donneront lieu pour l'entretien du pavé et de l'illumination ainsi que le nétoiement sera infiniment modique.

Que d'ailleurs la nouvelle salle de spectacle que la demoiselle Montansier fait construire sur une portion des terrains dont il s'agit exige une isolement de toute autre habitation pour prévenir les suites funestes d'incendie. Enfin que le concours du monde et la circulation des voitures qu'occasionnent et cette nouvelle salle et celle déjà ouverte au public dans la rue Louvois nécessitent des issues multiples.

A arrêté :

Qu'il y avait lieu d'autoriser M. Cottin à ouvrir sur son terrain une rue parallèle à celle de Louvois, sur trente pieds de largeur, et à ouvrir en même temps un prolongement de la rue Chabannais pour la faire aboutir sur la rue de Louvois, le tout conformément au plan joint au mémoire de M. Cottin.

Sous la condition que M. Cottin sera tenu de fermer par une grille l'espèce de cul de sac qui se trouvera entre la rue parallèle à celle de Louvois et une maison de huit toises de profondeur au travers de laquelle le prolongement de ladite rue Chabannais doit être dirigé ;

Et sous la condition aussi que ladite maison ne pourra être démolie qu'autant que M. Cottin et ses ayant-cause en auraient traité de gré à gré avec le propriétaire ;

A la charge aussi pour M. Cottin ou ses ayant-cause de ne pouvoir construire de l'un et l'autre côté desdites rues qu'en se conformant aux règlemens de la voirie et aux alignemens qui leur seront donnés d'après le plan ci-dessus énoncé, de faire faire, à leur frais, par l'entrepreneur du pavé de Paris, le premier pavé desdites rue en grès d'échantillon et d'après les pentes qui seront indiqués ;

Et à faire faire également, à leur frais, le premier établissement pour l'illumination.

Le Bureau Municipal a également arrêté que la présente délibération serait adressée au directoire du Département, avec le mémoire et le plan présentés par M. Cottin.

II°

Séance du 5 mars 1793.

Sur le rapport des administrateurs des Travaux Publics :

Le Bureau Municipal arrête que la rue projetée sur le plan présenté par le citoyen Cottin, laquelle devait servir de prolongement à celle de Chabannais et dans une même direction, ne peut être classée au rang des rues, attendu que le point d'embranchement de cette nouvelle rue avec celle de Chabannais a été changé par ledit citoyen Cottin et offre un angle saillant de neuf pieds qui obstrue ce débouché;

Que dans cet état de choses la voie dont il s'agit sera réputée passage et autorise les administrateurs à prescrire au citoyen Cottin de faire fermer ce passage par des portes ou grilles qui seront closes aux heures fixées par les règlements de police.

Registre Municipal. vol. 5, page 33.

Médecine (Rue et Place de l'École de).

1er floréal an IV (20 avril 1796).

Paris, le 1er floréal an IV de la République française
une et indivisible.

Bureau central du canton de Paris

Au citoyen Ministre de l'Intérieur.

Citoyen Ministre,

Nous sommes instruits que la ci-devant rue des Cordeliers
qui, sous le règne de la Terreur, prit le nom de Marat et qui
depuis le 9 thermidor s'est appelée rue de l'École de Santé,
vient, on ne sait comment, de reprendre le nom de Marat qui se
trouve gravé à chacun des bouts de cette rue.

Nous sommes également instruits que la petite place en face
de la maison ci-devant des Cordeliers porte le nom de place de
l'Ami du Peuple.

Nous ne vous ferons aucune observation sur ces dénominations,
mais vous concevrez comme nous, sans doute, combien il est
important, surtout dans les circonstances actuelles, qu'elles ne
servent plus à désigner aucune rue ni aucune place de cette
commune. En conséquence, nous ne doutons que vous ne don-
niez des ordres pour les faire effacer des rues que nous venons
de citer.

Salut et fraternité.

Le Commissaire du Bureau central,

Signé : illisible.

10 floréal an IV (29 avril 1796).

*Le Ministre de l'Intérieur au Bureau central du canton
de Paris.*

Je viens de donner des ordres pour faire supprimer avec le
ciseau les inscriptions de Marat et de l'Ami du Peuple qu'on

apperçoit encore, ainsi que vous me l'avez marqué, aux angles de la rue et de la place de l'École de Santé.

Salut et fraternité.

28 thermidor an V (15 août 1797).

L'Administration communale du département de la Seine au Ministre de l'Intérieur.

Citoyen Ministre,

Le Bureau central nous a transmis copie d'une lettre que vous lui avez adressée le 18 messidor, par laquelle vous annoncez que vous avez approuvé la proposition que vous a faite l'École de Santé relativement à l'inscription de la rue et de la place où elle tient ses séances, tendant à substituer ces mots *rue et place de l'Ecole de Médecine* à ceux : *rue et place de l'Ecole de Santé.*

Nous vous observons qu'un arrêté pris par les Comités du gouvernement dans le cours de l'an II relativement au plan gravé des rues de Paris, exécuté par le citoyen Verniquet, a ordonné qu'il ne serait fait aucun changement à l'ancienne dénomination des rues et que vous avez suivi les mêmes errements, notamment par votre lettre du 15 de ce mois portant envoi de différents plans, dans laquelle vous désignez sous le nom de Cordeliers celle dont il s'agit.

Le plan individuel de cette rue qui était joint à votre lettre, sur lequel vous avez fait tracer les alignements par vous adoptés en exécution d'un arrêté du Directoire, a conservé aussi à cette rue son ancienne dénomination. Il en résulte que l'intention bien prouvée du gouvernement serait de ne point admettre tous ces changements afin d'éviter la confusion dans les titres de propriété autant que pour l'utilité publique.

Nous croyons donc qu'il serait superflu de faire, quant à présent, le changement demandé par l'École de Médecine.

Nous attendons au surplus que vous ayez fait connaître votre décision ultérieure à ce sujet.

MINIMES (Rue des)

ADMINISTRATION CENTRALE

Séance du 14 prairial an VII (2 juin 1799)

L'Administration centrale du Département de la Seine, vu la pétition des citoyens Christophe frères, propriétaires de la maison des ci-devant Minimes, division de l'Indivisibilité dans laquelle ils viennent de former un établissement philantropique, qui demandent que les noms des rues des Minimes, de la Chaussée-des-Minimes, Louis et autres de cette division, soient changés en des noms plus conformes au régime républicain, et notamment que celle des Minimes, où est situé leur établissement, soit appelée la rue de la Retraite.

Considérant que la nouvelle dénomination des rues de Paris tient au projet général dont l'administration s'occupe en ce moment et que ce projet ne peut d'ailleurs s'exécuter que successivement, soit à raison de la confusion qu'un changement trop subit apporterait dans l'indication des propriétés, soit à raison de la dépense qui en résulterait;

Ouï le Commissaire du Directoire exécutif;

Arrête qu'il est sursis, quant à présent, au changement des différentes rues de la division de l'Indivisibilité demandé par les citoyens Christophe frères et que néanmoins ils sont autorisés, dès ce moment, à faire substituer, à leurs frais, s'ils le jugent à propos, et sous la surveillance du citoyen Molinos, architecte de l'Administration, le nom de rue de la Retraite à celui des Minimes qu'à porté jusqu'à ce jour la rue où est situé leur établissement.

(*Registre* 37, page 7.)

Monceaux (Cimetière de)

Séance du 26ᵉ jour du mois de pluviôse an II (14 février 1794)

Sur le rapport des administrateurs des Travaux publics, concernant le cimetière de la Madeleine, le Conseil général, plein
de sollicitude pour ce qui peut intéresser la salubrité,

Considérant que le cimetière de la Madeleine a trop peu
d'étendue pour qu'on puisse le conserver sans danger pour les
habitations ;

A arrêté, après avoir entendu l'agent national,

Que le cimetière de la Madeleine sera supprimé et sera provisoirement, et jusqu'à ce que les quatre champs du repos soient
établis, transféré dans un terrain appartenant à la nation, situé
près la barrière de Mousseaux et qui borde les boulevards
extérieurs ;

Autorise, en conséquence, les administrateurs des Travaux
publics à faire les démarches nécessaires auprès du département
de Paris, pour obtenir la location tant de ce domaine national
que d'un logement pour les fossoyeurs-concierges dans le bâtiment de ladite barrière.

Il autorise aussi les administrateurs à faire tous les travaux
nécessaires pour disposer ce nouveau cimetière provisoire.

(*Registres du Conseil général,* tome XIV, page 13872.)

Montesquieu (Rue)

Séance du 13 août 1793.

Le Corps municipal adopte le projet d'une rue à percer entre
la rue des Bons-Enfans et celle Croix-des-Petits-Champs, lequel projet lui est présenté par les commissaires des Biens
nationaux et des Travaux publics réunis, sauf à obtenir l'autorisation du Directoire du Département de Paris.

(*Registre 40 du Corps municipal* page 6762.)

Orsay (Quai d').

Séance du 16 février 1792.

Sur le compte rendu par les administrateurs au département des Travaux Publics des réclamations de M. Pluvant de Mondragon et de M. Daveyne des Fontaines tendant à obtenir: le premier, le paiement du prix de soixante-huit toises neuf pouces superficiels de terrain qu'il a abandonnés à la voie publique dans le mois de juillet 1790, pour agrandir la communication qui borde la rivière entre la rue de Poitiers et celle de Bellechasse, le rétablissement du mur de clôture d'un chantier dont ces soixante-neuf toises faisaient partie ainsi que l'alignement définitif du terrain qui lui reste ; le second, le paiement du prix des matériaux des bâtimens qui lui appartenaient rue de Poitiers, au coin du quai d'Orsay, et qui ont été démolis en vertu d'un arrêté de la municipalité provisoire la veille de la Fédération, comme annonçant la ruine la plus prochaine, le remboursement du loyer qu'il retirait de ces bâtimens, qu'il prétend qu'on aurait pu laisser subsister sans danger et le paiement de quelques toises de terrain qu'il a abandonnés dans le même temps à la voie publique.

Et sur l'observation qui a été faite par lesdits administrateurs des travaux publics que les retranchements déjà opérés ne sont pas suffisans pour donner au quai d'Orsay la largeur de soixante pieds, à laquelle il doit être porté aux termes d'un arrêté du conseil du 18 octobre 1704, qui a déjà reçu son exécution depuis le pont Royal jusqu'à la rue de Poitiers ; que la direction du mur du parapet et du port qu'on établit aujourd'hui entre cette dernière rue et celle de Bellechasse est disposée de manière que la partie du quai qui se trouve entre ces deux rues doit être renfermée dans le lit de la rivière pour lui donner un plus grand débouché lors des grandes eaux, et qu'il résulte de cette disposition l'indispensable nécessité d'opérer un nouveau retranchement d'environ dix toises de profondeur, tant sur les terrains déjà retranchés de M. de Mondragon et de

M. Daveyne des Fontaines, que sur un autre emplacement
bâti appartenant à M. de Maubec, afin de donner pour alignement aux constructions à faire sur ces terrains, une ligne droite,
à prendre depuis la jambe d'encoignure de l'hôtel des Voitures
de la Cour, au coin de la rue de Poitiers, jusqu'à la jambe d'encoignure de la maison du sieur Albert, baigneur, au coin de la
rue de Bellechasse ;

Que d'ailleurs il est important d'opérer dans ce moment-ci les
retranchements proposés, qui permettraient de déblayer les
terres, aux remblais du nouveau mur de quai qui doivent
s'exécuter à mesure que la maçonnerie s'élève, ce qui évitera
les frais énormes qu'entraînerait l'année prochaine le transport
de ces terres sur l'atterrissement de Passy.

Le Corps Municipal, considérant que les indemnités auxquelles ces retranchemens donneront lieu sont occasionnés par
des travaux accessoires du pont de Louis XVI auxquels la
commune n'a point concouru et qui s'exécutent en vertu d'un
décret de l'Assemblée Nationale, sous les ordres du Directoire,
il ne peut que recourir au ministre de l'intérieur pour faire
comprendre le montant de ces indemnités au nombre des dépenses relatives au pont.

Considérant en outre, à l'égard de M. Daveyne des Fontaines
que ses bâtimens, ainsi que le mur de clôture qui les séparait
du chantier de M. Mondragon, ont été reconnus en péril immi-
nent, non seulement par les officiers des bâtiments de la Ville,
mais encore par l'expert choisi par lui, qui en a fait la visite
contradictoirement avec lesdits officiers ; que leur démolition n'a
été exécutée par les ouvriers préposés par la Municipalité, que
faute par lui de s'être conformé à l'arrêt du Conseil de Ville
provisoire, et qu'il ne peut imputer qu'à sa négligence la perte
de ses matériaux à la sûreté desquels il devrait pourvoir.

Le premier substitut adjoint du procureur de la commune
entendu,

Arrête :

1° Qu'il n'y a lieu à délibérer sur la demande faite par
M. Daveyne de Fontaines du remboursement des loyers qu'il a
cessé de percevoir depuis le moment ou ses bâtimens ont été

supprimés, ainsi que de la perte des matériaux provenant de la démolition ;

2° Qu'il sera donné pour alignement aux terrains qui bordent la rivière entre la rue de Poitiers et celle de Bellechasse, une ligne droite à partir de la jambe d'encoignure de l'ancien hôtel des Voitures de la Cour, jusqu'à la jambe de l'encoignure de la maison de M. Albert, baigneur, afin de donner à cette partie du quai d'Orsay la largeur prescrite par l'arrêt du conseil du 18 avril 1704 :

3° Que MM. Daveyne des Fontaines, Pluvant de Mondragon et Maubec seront tenus d'abandonner à la voie publique la profondeur du terrain nécessaire pour opérer cet élargissement après qu'ils auront été préalablement indemnisés ;

4° Que, pour parvenir à fixer les indemnités qui pourront leur être dûes, il sera nommé par les administrateurs de Travaux Publics et par lesdits propriétaires des experts, pour toiser le terrain retranché et à retrancher et pour en estimer la valeur ;

5° que le présent arrêté sera envoyé au directoire du département avec prière de demander au ministre de l'intérieur que le prix des terrains à acquérir soit acquitté par le trésor public comme une dépense relative au pont Louis XVI et qui est de nécessité pour la construction du mur du parapet et du port commencé entre les rues de Bellechasse et de Poitiers, en vertu du décret de l'Assemblée Nationale du 16 juin dernier.

PÉTION et DEJOLY, secrétaire greffier.

Registres du Corps Municipal, tome 35, page 190.

PÉTRELLE (Rue)

ADMINISTRATION CENTRALE

Séance du 29 nivôse an V (18 janvier 1797)

L'Administration centrale du Département,

Vu la lettre du Ministre de l'Intérieur, portant envoi de la demande du citoyen Rivière, afin de savoir si la rue Pétrelle, située Faubourg-Poissonnière, pouvait être considérée comme rue publique soumise aux règlemens de la voirie, et la pétition de plusieurs propriétaires riverains de cette ruelle, pour qu'elle fût mise au nombre des rues, sinon qu'il n'en fût point donné alignement à aucun de leurs propriétaires : ensemble l'avis du Conseil des bâtimens civils, considérant que les propriétaires ne sont point d'accord et que cette ruelle est sans utilité pour le commerce et la circulation ;

Ouï le Commissaire du Directoire exécutif ;

Arrête :

1° Que les propriétaires riverains de cette ruelle seront tenus de faire poser à leurs frais, dans un mois pour tout délai, des portes à chacune de ses extrémités, et de les tenir fermées pendant la nuit aux heures prescrites par les règlemens de police.

2° Que les réverbères qui s'y trouvent en seront incessamment retirés et réintégrés dans les magasins de l'illumination de Paris, de l'entretien desquels il sera fait déduction sur le marché relatif à cette partie du service, à compter du jour de la notification du présent arrêté à l'entrepreneur de l'illumination, sauf aux propriétaires à traiter de gré à gré avec cet entrepreneur pour l'illumination à leurs frais de cette ruelle, s'ils le jugent convenable.

PROVENCE, DE L'ARCADE et SAINT-DENIS (Rues de).

Séance du 19 septembre 1793.

Sur le rapport des administrateurs des Travaux Publics, expositif des abouchemens de la rue Saint-Nicolas avec les rues de l'Arcade et de Provence qui sont larges et en considération des constructions déjà faites sur la rive gauche de cette rue par celle de l'Arcade, aux largeurs de 24 et 23 pieds, le Corps Municipal

Arrête :

Que la rue Saint-Nicolas, section du Mont-Blanc, demeure fixée à 23 pieds dans sa plus petite largeur, autorise lesdits administrateurs en conséquence à donner pour alignement au citoyen Sandrié, qui veut construire sur cette rue, une seule ligne droite en prolongement du mur des faces des maisons neuves et retranchées qui sont à gauche du terrain du citoyen Sandrié ;

Autorise les mêmes administrateurs à donner pour alignement au citoyen Darfeuille, propriétaire d'une maison actuellement en péril, sise à Paris, à l'angle des rues Saint-Denis et de la Cossonnerie, une seule ligne droite qui aura pour point de repaire, à gauche, ledit angle par sept pieds de retranchement et qui sera prolongée à droite jusque sur le mur de la jambe étrière formant l'encoignure de la rue de la Cossonnerie et du Marché aux Poirées, ce qui opère sur le terrain du citoyen Darfeuille un retranchement de 6 toises 4 pieds 6 pouces superficiels qui seront rendus à la voie publique.

(*Registre* 41 *du Corps Municipal, page* 6869.)

SAMARITAINE.

ADMINISTRATION CENTRALE.

Séance du 21 *thermidor an* 11, 8 *août* 1794.

Le Département considérant que l'édifice national de la Samaritaine est dans un tel état de délabrement qu'il est à craindre que d'un instant à l'autre sa chûte ne cause des accidents aussi fâcheux qu'irréparables :

Arrête :

Que toutes les pièces relatives à ce monument qui existent dans ses bureaux seront transmises dans le plus court délai à la Commission des Travaux publics qui prendra dans sa sagesse toutes les mesures qu'elle jugera convenables pour parer aux dangers que présente l'édifice en question et parvenir à sa prompte démolition.

(Volume 7, page 72.)

Trocadéro (Place du)

Séance du 5 prairial an II (25 mai 1794).

Sur le rapport des administrateurs des Travaux publics, concernant le projet présenté par les artistes chargés de la division des grandes propriétés nationales de l'intérieur de Paris, d'ouvrir des rues de 42 pieds de largeur chacune, sur les terrains dépendans des ci-devant couvents des Minimes de Passy et des Filles-Sainte-Marie de Chaillot, dont l'une traverserait ces deux propriétés, partirait du quai de Chaillot et aboutirait, en se dirigeant sur une seule ligne droite, dans le coude de la montagne des Bonshommes dont elle adoucirait la pente.

La seconde, qui traverserait le terrain des Filles-Marie, partirait de la rue des Batailles, en se dirigeant sur deux alignemens, et aboutirait au point de rencontre de la première rue.

La troisième, qui traverserait également le terrain des Filles-Marie, serait dirigée sur une seule ligne droite, partirait aussi de l'extrémité de la rue des Batailles et aboutirait au point-milieu de l'intervale qui se trouve entre les bâtimens de la nouvelle barrière Marie.

Vu les plans desdites rues,

Le Corps municipal, après avoir entendu l'agent national, approuve l'ouverture des trois rues proposées, conformément auxdits plans qui seront visés *ne varietur* par le Maire et le secrétaire-greffier :

A arrêté :

Qu'il pourra être élevé de l'un et de l'autre côté de ces rues tous édifices et bâtimens que bon semblera, en se conformant aux règlements de la voierie et aux alignemens qui seront délivrés par les administrateurs des Travaux publics, conformément aux plans ci-dessus énoncés, à la charge, par l'Administration des Domaines nationaux ou par les acquéreurs de terrains qui auront face sur lesdites rues, de faire exécuter, à leurs frais, par l'entrepreneur du pavé de Paris, le premier pavage et le premier relevé à bout du pavé ; et de faire exécuter également à leurs frais, les ouvrages nécessaires pour soutenir les ciels des carrières qui peuvent se trouver sous lesdites rues projetées :

Comme aussi de pratiquer de chaque côté de ces communications des trottoirs dans les formes et dimensions qui seront prescrites,

Et de pourvoir, également à leurs frais, à la dépense du premier établissement de l'illumination,

Enfin à la charge de clore de mur les terrains qui borderont cesdites rues, dans un an, à compter du jour de leur ouverture.

Le Corps municipal arrête, en outre, qu'expédition de la présente délibération sera adressée au Département avec les plans originaux des rues à ouvrir.

LESCOT FLEURIOT, maire.

FLEURY, secrétaire général.

(*Registre 43 du Corps municipal*, page 7460.)

INDEX

Les dossiers qui composent cette collection étant classés par ordre alphabétique, on ne donne que l'indication des documents qui figurent dans les pièces justificatives, ou de ceux qui se trouvent à la fois mentionnés dans l'inventaire et publiés dans les pièces justificatives.

Paris. — Imprimerie Nouvelle (association ouvrière), 11, rue Cadet.
A. Mangeot, directeur. — 1984-98.

www.ingramcontent.com/pod-product-compliance
Lightning Source LLC
Chambersburg PA
CBHW070906030726
47504CB00005B/1482